生命，因閱讀而大好

Dancing Snail
著 跳舞蝸牛　譯 張召儀

게으른 게 아니라 충전 중입니다

在我深陷憂鬱和倦怠的人生黑暗期，說真的，連閱讀書中的一行字都感到吃力，因此，我想創作出讓同樣正在度過低潮期的人可以輕鬆接觸的內容，開始著手繪製了圖畫日記。我在不足的地方試著添上幾行文字，接下來，看了那些圖且獲得安慰的人逐漸浮現，透過他們，我得到了慰藉，並決定將那些內容集結成冊。

這本書承載了我二十歲後半、抑鬱與倦怠達到頂點那三～四年間的記錄，是我以平靜語氣再重新組成的點滴隨想。寫這本書時，仍然會有狀態不佳的日子找上門來，我也還在克服自己的倦怠。雖然我為了改變自己的思考模式努力了好幾年，但偶爾心情還是會滑一跤，跌落到地下三十層去。

在日常生活失去平衡時，我沒有辦法平心靜氣地閱讀社群媒體上那些「被安慰到了」、「謝謝」等留言。因為在我用圖畫將自己的故事進行連載後──「我經歷過倦怠症，目前已在某種程度上克服了」，就彷彿感受到某種責任感。「希望某個人在看到故事後可以振作起來」，這樣的想法

讓我覺得自己必須要展現出過得很好的模樣，心情也因此感到沉重。這種責任感再加上壓迫感，讓原本就彷彿在心底燃燒的那股熟悉的倦怠，經常迎面撲來，使我備感壓抑。

然而，在那樣的過程裡，反覆出現的無力感也開始產生了變化。最近，朝我襲來的倦怠感異常短暫，在我像以前一樣想著會被它蠶食殆盡時，它反而在片刻逗留後，便消散無蹤。或許，是因為我體內可供寄生的「倦怠宿主」漸漸地減少了吧？力不從心的情感，附著在我身體裡的「倦怠宿主」上，滋養著其軀體，因此，現在的我隨著無力感減少，可供寄生的地方當然也就變得愈來愈狹小。在這本書即將完成時，我感覺到自己已漸漸能夠褪去內心裡的黑暗。雖然緩慢，但我一步步地向前走著。

我仍然是一個人孤軍奮鬥，敢大膽地以安慰他人為目標創作這本書，是因為我也接受過諮商、輔導，聽過播客（podcast），亦曾透過閱讀因某人而獲得慰藉，我想著一定要把這些安慰回報出去。雖然不是什麼專家的建言，但這本書是我與專家諮商後自己領悟的、屬於我的故事，但願能為也正在經歷相同困難的人提供助益。

「倦怠感」只是在受到壓力的情況下出現的反應，並非是一種疾病，請相信自己能夠振作起來。

CONTENTS

PART 02

大人們討厭的一天

為空蕩蕩的心充電，只屬於我的小小儀式

PART 03

不管是今天還是明天，我都只想待在家裡

為空蕩蕩的心充電，只屬於我的小小儀式

PART 04

提不起勁是再正常不過的事

為空蕩蕩的心充電，只屬於我的小小儀式

PART 01

我也不知道自己
為什麼會這樣

如果我也是個開朗的人

小時候我是個不太愛笑的孩子。

在對著鏡子練習微笑之後，
喜歡我的朋友們
一個一個地增加了。

因為我不是個開朗的人，

所以很羨慕本來就天真無
邪、陽光開朗的朋友。

我也想變成一個擁有正能量的人。

直到現在，
心裡還是埋藏著
抹不去的灰暗地帶。

可是如果我表現出來，
人們好像就會遠離我，
有時我真的感到很害怕。

內心的灰暗地帶

　　　　　　　　　　　直到不久之前，我看到花草樹木也還
感覺不出它們的美麗，也不是很喜歡動物，所以和那些看
到小貓或小狗就覺得牠們可愛到不行的朋友，很難有共
鳴。每當那種時候，我都害怕自己被視為一個無情、冷血
的人，於是便將語調拉高到「So」音階，然後說：「哇～
好可愛，太漂亮了！」這已經是我能做出的最佳反應。

　　不知道從什麼時候開始，我意識到自己和別人有些不
同，但我以為自己本來就是那樣的人，只要先度過眼前的
難關就好了。我帶著被稱為「保護色」的笑容，忙著融
入群體框架，在笑臉背後，可以隱藏過多不必要的情感；
只要我帶著微笑，人們就不會對我的缺陷提出疑問，這讓
我感到很舒服。然而長期下來，我感受情感的能力逐漸降
低，變得更加奇怪了：在每個人都覺得很嚴重的情況，我
獨自爆出笑聲，把氣氛搞得詭異；或是在需要配合狀況發
火時，我的表情卻綻放笑容。

因為不擅長表達負面情感，以至於有了受傷的經驗，如此一來，反倒會更害怕原原本本地顯露自己的情緒，而在「感受」之前先進行「價值判斷」：因為負面的情感是不好的，所以要把它藏起來；因為正面的情感是好的，所以只要表現出這種情緒就好。無法在當下順利流通的情感，就那樣凝滯、腐敗，最後甚至連能夠感受正向情緒的道路都被堵塞住了。

　　和他人分享心中的灰暗地帶不是一件容易的事，有可能會遭人惡意利用，或者對還沒準備好接納的人來說，也可能是種失禮的表現。

　　如果我可以率先擁抱自己的缺陷的話，是不是也可以不用勉強露出微笑，能夠和他人共享這世上的美麗呢？

02

關於我你又懂什麼呢？

每天都會有好幾次看著通訊軟體的大頭照
和狀態訊息，對他人做出判斷。

談戀愛了嗎……？

*大頭照＝個人檔案
　裡的照片

觀察衣著打扮和表情，

透過一部分就確信
自己了解了那個人的全部。

只是……沒有
化妝而已……

最近有什麼
不好的事嗎？臉色
看起來不太好耶～

但是，我們都不想被誰評斷。

關於我你又知道些什麼？？？

「一部分」並不是
任何時候都能反映出「整體」。

到底要我怎樣？

很忙但是好無聊。

真的有空的時候，
卻又沒有明確的目的地。

天氣真好。

好想出去玩。

想出去玩但又想待在家。

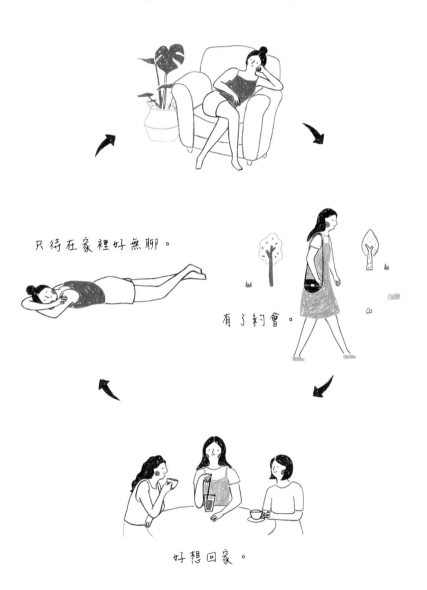

只待在家裡好無聊。

有了約會。

好想回家。

我的命運如此不幸嗎？

很久很久以前有一隻長期感到憂鬱的兔子。

某一天幸福找上門來，
長期憂鬱的兔子卻不知道為什麼
變得非常不安。

後來，不幸的事再度發生，
兔子既感到傷心，
一方面卻又升起了沒來由的安定感。

長期感到憂鬱的兔子覺得比起「不安的幸福」，
「安定的不幸」還比較好……
想著想著她便進入了夢鄉。

比起不安的幸福，
安定的不幸還比較好

在偶然的不幸面前貼上「命運」的標籤，一切就瞬間變得容易了。若是躲在命運背後，就沒有繼續追求幸福的必要，也沒有理由要努力改善眼前的處境，真的非常方便。嚐到悲觀論甜頭的我，將那段期間經歷的不幸事件精心蒐集起來，像是串在一起般編織出一個信念：

「看吧，我就知道這次也一樣，果然我的命運就是如此不幸。」

幸福就像別人的衣服一樣陌生，因此我裝作不知情地放任不管；在應該享受快樂的時刻，我仍舊只把注意力集中在此刻的幸福何時會消逝。把自己置於不幸的處境裡，因而變得相當敏感，若是真的遇到不好的事，更會伴隨著強烈的情感反應，並且深深地刻在腦海裡。如此不斷傾向某一側的情感記憶，在經過長時間的定型後，會使人變得習

慣不快樂，錯誤的思考迴路也有可能就此固著。那樣的思考模式容易演變成確信，而確信更會進化成為事實。

將神的模樣用平凡的鄰居來比喻，並機智地化解人間世事的電影《死期大公開》（*Le Tout Nouveau Testament*），為莫非定律賦予了有趣的想像後登場。最初神在創造世界的時候，制定了幾項「世界最惱人的定律」，舉例來說就像以下這幾項：

2125 條：麵包掉落時，總是塗抹果醬的那面著地；不然的話，就是果醬總是塗錯面。

2129 條：一進入浴缸泡澡，電話鈴聲就響了。

2218 條：在超市排隊結帳時，旁邊的隊伍總是前進得較快。

2231 條：令人惱火的情況一定禍不單行。

我們「選擇」、堅信的悲觀主義不僅大部分並非事實，也不是因為自己的意志所導致。悲觀主義是由於自己先對伴隨著變化而來的挫折、傷痛感到害怕，心中產生的恐懼成了餵養它的食糧。然而，即使有時候那顆心讓我不得不選擇安於現狀，也沒有必要過於自責，每個人都會需要時間重新振作起來。

如果在跌倒的孩子面前大驚小怪、露出擔心的模樣，孩子一定會當場嚎啕大哭；但若是處變不驚地帶過，或是對他露出微笑，孩子也會跟著展開笑顏。同樣地，我們對不幸的事情愈是反應激烈，也就愈容易將那樣的觀念內化，應該小心別讓自己掉入陷阱，被假的事故所蒙蔽。還有，希望你能更充分地感受一下那偶爾出現的幸運瞬間。

05

人生哪裡能隨心所欲呢？

我有點不安。　為什麼？

擔心事情不能
按照計畫進行。

人生哪裡有能
按照計畫進行
的事啊～

即使偶爾找不到答案

　　我在吃東西的時候，有幾個奇怪的習慣。打開像品客那樣的洋芋片時，通常頂端都是完好的，愈往下就摻雜著愈多碎片，而我會把它們全都倒在盤子上，對完整的和碎裂的洋芋片進行分類。接著，我會把完整的洋芋片小心地放入罐子裡，先把碎掉的餅乾撿起來吃；將不完整的部分都處理完後，再把圓圓的洋芋片一個個夾起來放入嘴裡——但這時心情卻不怎麼高興。在吃最喜歡的水果葡萄時，我也會進行類似的「儀式」：將掛在枝椏上的葡萄粒輕輕往上撥，把掉落的葡萄蒐集起來，然後擺放在喜歡的盤子上先吃掉，這樣一來心情就會變得平靜。當然，在外面和人們一起吃東西時，不可能進行那樣的儀式，因此經常會暗自感到疲憊。

　　我還有另一個強迫性的習慣，就是手機電池一定要充到100%，才會覺得心安，即便約會都快遲到了，在電量數字到達100之前，我就沒辦法踏出家門（諷刺的是，

我對約定時間卻沒有強迫性地遵守）。97% 或 98% 都不行，一定要充到 100%。若非不得已的情況，我也很少把手機閒置到轉換為低電量模式，因此，我很不能理解為什麼有人會在電話講到一半時說：「等等，我的手機電量只剩下 3%，電話可能會突然斷掉！」朋友啊，為什麼忘了行動電源的存在呢？

　　這種傾向在必須按照計畫處理事情時，雖然可以起到幫助，但眾所周知，人生大部分的事並不會如計畫般順遂。尤其是在人際關係裡，如果發生了完全無法掌握的情況，我就會因此陷在無形的焦慮中，夜不成眠。他人的情感和反應，這類的變數無論我如何徹底地做好準備，也一定會有偏離計畫的事情發生。然而，如果自己具有的某種傾向，不會連續性地對其他事情帶來負面影響，也不必執意去將它改掉。強迫性的傾向若不會為生活帶來很大的不便，而能給予一種安全感的話，就那樣放任不管也無妨。

但是像我的情況，若強迫性的傾向對工作或關係造成的不便逐漸變得頻繁，為了加以調節，就必須做出一些努力。

首先，我開始將平常強迫性的習慣嘗試反過來執行：吃東西的時候，先從完整的部分開始入口。剛開始雖然內心有點忐忑，但是不處理破碎的部分，先享受完整的食物感覺也不錯。此外，除了有重要業務需要聯絡時，我也試著將手機電池閒置到低電量模式。在手機通知鈴響的 0.1 秒內前去確認的習慣，似乎也帶來了相當大的疲勞感，因此，有段時間我為了不在手機的鎖定畫面上看到訊息，關閉了大部分應用程式的通知，藉以調節對外部刺激的反應敏感度。這樣試了之後，即使電池的電量降到 3%，我也不會嚴重地感到不安了。雖然看起來好像沒什麼了不起，但這其實和認知治療（透過改變我們的「想法」來控制情感，目前在大部分的精神健康疾病上，被認可是最具效果的非藥物性治療）是一樣的脈絡。另一方面，因為具有強迫傾向會比其他人更容易感到疲倦，所以我也反過來利用計畫型的個性，在一開始就先將休息時間插入日程裡。

透過這樣的方式，我在日常生活裡讓呼吸趨於順暢，在其他事情方面內心也逐漸邁向從容，感覺到我對待自己和世界的視線變得更加寬廣。我所嘗試的在行動上的小小變化，實際地影響到了我的想法甚至是情緒。

世界上唯一不變的真理，就是「沒有哪件事是不會改變的」，並不是在計畫中出現了差錯，剩下的人生就會跟著毀掉。因此，即使有時候不知道答案，就那樣直接去試一試也沒關係的。

06

迷失在宇宙裡的孩子

入睡前的靜謐時間，在一天之中最為漫長。

躺在棉被裡回想一整天的時光，

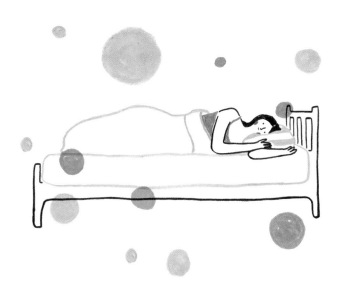

因為一些不重要的小事，

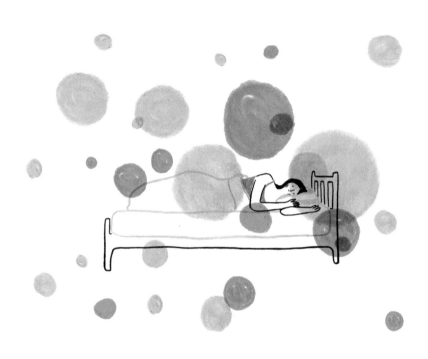

後悔和擔心的感覺席捲而來，

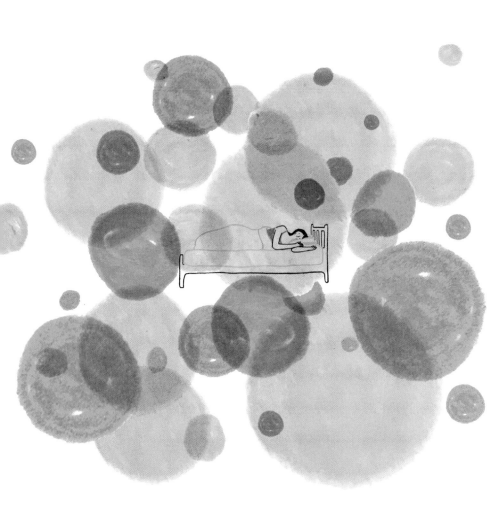

將我吞噬殆盡。

我以為長大成人之後，
夜晚就會變得不那麼可怕，

但當我躺在漆黑的暗夜裡時，偶爾會覺
得自己就好像是迷失在宇宙裡的孩子。

人生在世，什麼都有可能發生

介紹一個把人生活得更累的「獨門訣竅」——我有一個習慣，在與新朋友或是不那麼熟的人見面後、回到家後，我會不斷地在腦海裡重播當時的情景，並且反芻彼此的對話內容；或者是用社群軟體的文字訊息和不甚親近的朋友聊天後，那日睡前我會把所有的對話記錄從頭到尾看好幾遍，反覆咀嚼著不對勁的部分，確認是不是有說錯話。「我為什麼說了那樣的話呢？」、「當時應該要說出來的！」我費勁地去回想那些懊悔的事，甚至發揮想像力把對未來的擔心連結在一起：下次我又犯了同樣的錯誤該怎麼辦呢……

據說透過美劇學習英文時，一邊模仿登場人物的肢體動作、表情和情感起伏，一邊背誦台詞的話，效果會更好。以相同的脈絡來看，我簡直就是自己設計出了「讓不舒服的情景留在記憶中」的學習法。將已經過去的場面、對話與當時的情感，完整地儲存在前額葉裡，記憶只會變得更

鮮明，加上事後又如此用心地複習，更是絕對不會遺忘。如果上學的時候，我也能那樣複習課業的話……

若不想把不愉快的記憶一直留在心裡，就必須採用和上述相反的方法：處於情緒性的狀態時，應該讓頭腦先放空休息，等大腦找回理性後，再重新將過去的記憶取出來省視。如此一來，大腦便不會儲藏被情緒加油添醋後的扭曲記憶，也能減少讓不安感演變成庸人自擾的危險。

此外，更重要的是，即使像我一樣思緒如麻，也知道那些行為本身並不奇怪。若是能知道讓自己的人生變得疲憊的「獨門訣竅」是什麼，並且覺得無妨的話，就不是什麼需要大驚小怪的事。

07

我不希望只有自己看起來不一樣

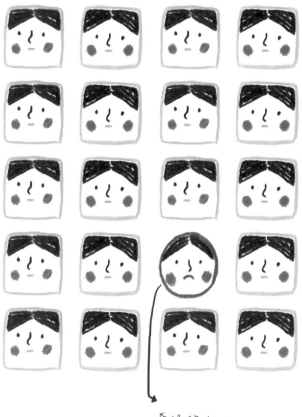

奇怪的人。

平凡的人。

可以全部登出嗎？

社群媒體裡的消息，

或是一個
擦肩而過、
令人不悅的視線，

偶爾也會讓心
如乾枯的落葉般，
碎成一地。

心情沒來由地
漸漸變得鬱悶時，

就只想要一個人待著。
可以幫我全部登出嗎？

是不是一定要完美才值得被愛？

有完美主義傾向的
人最需要小心的，

就是覺得
現在的我不完整。

在想要變得更好的心境裡，

也別忘了原本
就已存在的價值。

希望今天也能就那樣「存在」就好

某天我去聽了一個心理研究所的講座，不曉得是否誤會了演說的內容，我覺得自己沒辦法跟著照做，回家後感到傷心不已。我在棉被裡哭了好一陣子，然後發了訊息給講課者尋求協助。我詢問以後應該再聽什麼樣的課程，才能讓心情逐漸平復下來，然後收到了這樣的答覆：

「希望妳能察覺到因為覺得自己不完整，而總是想要變得更好的那顆心。帶著那樣的心情，不管是什麼樣的知識，最後都會變成刺向自己的武器。」

在那之後，我有一段時間停下了改變自己個性或心理問題的努力，不再去找任何建議或安慰的文章來讀。後來，我發現那段時間反而讓我重新找回了內心的從容。

擁有完美主義傾向的人，總是會把焦點集中在不完美的部分，懷著要讓自己變得更好的念頭。對自己是這樣，對待他人時亦然。然而，其中不應該誤解的地方是，完美主

義傾向本身並不是一種問題或錯誤，覺察自己的不完美且想要變得更好的心態，又怎麼會成為問題呢？不過，我們必須要懂得區分「完美」和「價值」，如果深信自己一定要變得完美才能獲得肯定、才有被愛的資格的話，一不小心就會演變成以為只有「完美」才能要求身為人的權利。最可怕的是，因為不完美進而貶低自身價值，即使遇到不合理的狀況，也覺得自己本來就應該受到那樣的對待。因此，千萬不要把自己的不完美之處和自身的價值連起來思考，因為不完美和身為人應當享有的權利沒有任何關係。

一直以來，每當想要實現某個目標、讓自己變得更好時，內心都會期待達成這個目標後能夠得到認可或關心。然而，那樣的心態是錯的嗎？是自尊感低的人才會有的行動嗎？難道要成為肯定自我價值的人，就不應該做出追求進步的努力嗎？不是那樣的。不管是誰都可以期待他人的肯定和關心，並以此當作努力的動機，這並非完全錯誤的事。不過，我們不能掉入這樣的陷阱——將我的努力和成就視為決定我存在價值的絕對要素。否則的話，就會陷入愈是努力要去領悟某件事，自尊心卻反而更加低落的惡性循環。

完美主義的傾向是不容易在短時間內改掉或擺脫的，既然如此，那麼具有完美傾向的話，就應該抱持著「即使不完美，或者即使沒有變得更好，自己也是充分具有存在價值」的信念，來面對完美主義。希望今天也能以放鬆的心情，就那樣「存在」著就好。

10

羡慕那些不努力也可以做得很好的人

我很羡慕那些即使不努力，
也能夠做得很好的人。

啊……
我好飽喔～

為什麼不吃啊～？
很好吃的說！

舉例來說，像是不必留意減肥，
也能夠一直維持苗條身材的人。

哇……照片是用
腳拍的嗎？好厲害！

只是隨便試一下，
但不管做什麼都得心應手的人。

哇……
連閉著眼睛畫
也是世界名作……

天生就才華洋溢的人。

我總是很努力地

減肥中

很努力地

社群媒體用的
情境照片拍攝中

或許是因為一路上都是
這樣努力來的，

不對……
不是這樣……！

為什麼只有我……
沒辦法過得幸福呢……

所以我非常羨慕那些
不管做什麼都能自然而然上手的人。

生來就不具天賦的人

有時候想到自己生來就沒什麼天賦，內心不免覺得自憐自艾。我沒有天才型的技能，也不是天生的美女，更沒有與生俱來的可愛、社交型個性。不管走到哪裡，我總是會把視線集中在自己未能擁有的特質，與天生就具有該才能的人身上，因此無論做什麼都不滿意，也老是覺得自己做什麼都不會成功。我的人生總是停在二、三流，似乎就會以此作結的氛圍令人逐漸感到害怕。我也想在某個項目拿到第一名……可是這個世界總擔心我會忘記了一般，經常提醒著我並不是個具有特別天賦的人。每當碰到這種時候，我就會徹底崩潰，要花很長的時間才能重新振作起來。

但可笑的是，我明知道那些我未能擁有的天賦會讓我感到傷心，卻仍然沒有辦法打從心底真正接受。不，應該說我其實不想承認，也不想聽取他人對我提出的建議等等。我也像天生就才華洋溢的人一樣，抱著「想要做好」的傲

氣，卻遲遲徘徊在原地度日。然而，我之所以能夠開始對自己做的事有一點一滴的滿足感，是因為從內心深處接受了「我沒有與生俱來的天賦」、「人生也有可能會這樣」的想法。

生活開始變得更好的契機，始於拋棄了「人生必須要一直追求進步」的想法。因為只有在真正接受自己之後，所做的努力才不會是無意義的苦撐，而是成為懂得愛自己的過程。當然，一開始會對世上的種種不公平感到憤恨不已，或許在那之後也會繼續感到羞怒，然而，在這不斷反覆的過程中，總會在某個瞬間迎來能夠真正接納自己、可以絲毫不感到委屈地付出努力的那一天。只有接受「在我所擁有的一切中盡最大努力」這種聽到厭煩的真理，才能邁入人生的下一個階段；必須拋棄想輕易獲得某項才能的念頭，才能開始看見自己與生俱來的優點。

所謂真正地活出自我，就是要能毫無疑問地接納自己沒有生為理想中的某種人。即使不是與生俱來的也沒關係，就算是要費點心思的人生也無所謂，因為在那過程裡，總會有專屬於我生命的璀璨。

想放肆地活一場，卻提不起勇氣時

偶爾會有想放縱自己的時候。

買一送一的東西只帶走一件

沒關係，
請給我一瓶就好！

小姐，這個
有買一送一……

1+1

因為有點高調而
不太常戴的帽子

不顧他人眼光，
盡情打扮自己

不盥洗就直接躺著睡。

我的

小

確

鬱

*小確「鬱」：
微小卻又實在的反叛。

微小卻又實在的反叛

陷於沉重的現實，導致對明天也失去期待的時候，就會想要放肆地活一場。如若提不起勇氣，不妨試試看一些微小卻又實在的反叛，例如在洗手間裡比平常多抽幾張衛生紙——單單只是無視這些細小的義務，就能感受到擺脫日常生活的痛快。因為不能馬上逃得遠遠的而感到鬱悶時，我推薦可以假裝自己是個旅人，試著在社區裡兜兜轉轉。雖然看起來好像很奇怪，但實際嘗試看看的話，其實相當有趣。

Why not ?

在人生中，需要有多一點不是非得要做、卻也不是一定不能做的無關緊要的小事，它能使我們的人生更加豐富且愉快。減少去在意他人的視線，或是稍稍違背日常生活的準則，不是能度過更加多采多姿的一天嗎？

當負面情感翻騰時

當位能轉變為
動能的時候，

唉呀！

樹上的蘋果就好像
快要掉下來似的。

抖抖

那個我覺得好像會將自己
毀掉的某種東西，

不論是什麼，
都可以視為自己
邁向明天的動力。

喝~~~~~！！

搖晃搖晃

*請勿模仿

就算那是
負面的情緒，

真的很火大……！！

也只要以我需要的方式
轉換一下就可以了。

反過來利用負面情緒

有時候不好的事會一下子全部湧上來，最後不知道是當下的
情況讓人感到痛苦，還是我自己使自己難受。這種時候，就
試著把那些不好的事所帶來的負能量，視為解決問題的動力
吧！負面情緒如果沒能及時消化掉，層層地積累下去，會隨
著時間流逝，逐漸擴展成憂鬱和倦怠。因此，在出現引起負
能量的情況時，一定不要錯過可以活用情感的那個瞬間。

到頭來都是一樣的情感能量

感受到負面情緒，並不代表就變成了壞人。仔細想想，過去
積極正面的能量，因為挫折而轉變為痛苦和憤怒，最終只是
型態不同罷了，當中蘊含的情感能量其實是相同的。因此，
只要能把那樣的情感反過來加以利用，不僅可以消除不悅的
情緒，還能幫助自己朝著期待的方向前進。

好像只有我的人生還在原地踏步時

呃啊……
當時為什麼會那樣！

1.請和過去的自己比較。

動物放大法

2.請放大分析自己的優點就好。

拍拍自己～

嗚啾啾～嗚啾啾～

3. 比起自責，不如歸咎於他人。

1.請和過去的自己比較

如果不管怎麼努力，都覺得人生好像沒有什麼改變的話，就請和過去的自己比較看看吧！首先，閉上雙眼回想自己跌到谷底的那段時期，接著從現在開始將過去的自己徹底「他人化」，亦即那個人和「現在的我」是完全不同的個體。比較一下那個人和現在的自己，找找看有沒有如腳趾甲般那麼一丁點變得更好的地方。

2.請放大分析自己的優點就好

通常愈是不好的事，我們就愈會去放大檢視它，特別是在內心感到疲憊時，我們有200％的可能性會把做得好的部分縮小，然後將做得不好的地方擴大解釋。由於思維會受到情緒影響，所以在覺得心累時，將更容易產生負面想法。因此，希望你能毫無顧忌地放大解釋先前在第一點中找到的自我優勢；若總是想起自己的失誤或後悔，也請把它當作是剛才「他人化」的那個對象所犯下的。

3.比起自責，不如歸咎於他人

雖然一直以來我們都學到「不歸咎於他人」才是種美德，但若平時就是經常自我檢討、很容易感到內疚的類型，那麼偶爾試著把錯怪到他人身上也無妨。將沒什麼大不了的事推給其他人，只看自己想看到的部分吧！如此一來，心情將會變得稍微輕鬆一點！

PART 02

大人們
討厭的一天

11

所謂的「大人」是什麼 1

所謂的「大人」是什麼呢？

即使心情不好或覺得疲倦，
在職場上還是微笑著把工作完成。

在一天即將結束之際，
花我自己賺的錢買啤酒喝。

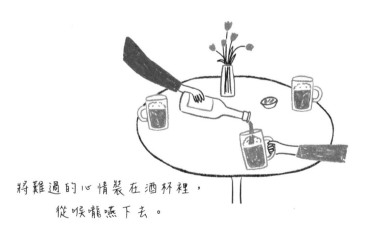

將難過的心情裝在酒杯裡，
從喉嚨嚥下去。

說著「明天的事明天再煩惱
吧」，瀟灑地笑著帶過，

然後對自己感到很欣慰。

這就是所謂的「大人」嗎？

　　　　雖然日漸增多的細紋和變大的毛孔，會讓人確切地體悟到身體已經長大成人，但要感受到靈魂也邁向了成熟，卻有著另外的契機：

- 即使有機會玩通宵也會適當地收尾，想著要早點回到被窩裡去的時候。
- 比起和蠟筆小新或小恐龍多利有共鳴，覺得小新的媽媽和吉童大叔*較可憐的時候。
- 落雪紛飛也不再感到悸動的時候。
- 發現自己不管當天的心情如何，都以一張撲克臉默默撐過的時候。

　　每長大一歲，生活也隨著年齡數字變得愈來愈複雜，於是開始會喜歡單純的事物，並將喧囂鬧騰的心注入酒杯裡。以前不管發生大小事都會一一向朋友傾訴，現在則徒然擔心著自己會不會被吐槽；或者在回憶不開心的事情時，也會因為不想讓自己洩氣，而選擇省略仔細的說明。

就只想把一切拋諸腦後，好好地睡上一覺，因為明天還有明天的事要做。

　　不知道為什麼，看著自己那副模樣，一方面覺得哀傷，一方面又想著「這樣才是大人啊」，油然升起一股欣慰與滿足。事實上，那樣期待被稱讚「長大了」的心態其實也像小孩子一樣，但那又如何呢？

　　比起好寶寶貼紙，努力工作的大人有資格獲得更帥氣的「今天也辛苦了」獎——用我賺的錢，為自己擺一桌豪華酒席！

* 小恐龍多利是韓國著名的動畫，吉童大叔亦為卡通裡的角色之一。

所謂的「大人」是什麼 2

所謂的「大人」是什麼呢？

不是已經到適婚年齡了嗎？
現在生的話，也已經是高齡產婦了，
妳知道吧？

嗯？你說什麼？

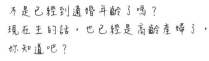

討厭的人
說出愚蠢的話時，

你不也跟我一樣嗎？

哈哈哈開玩笑的啦，開玩笑的～
妳怎麼那麼敏感啊？

與其花心力
——反駁他
愚蠢的言論，

話說你最近是換了增髮噴霧嗎？
髮量看起來明顯變多了耶～

啊，我好像
太白目了～
哈
哈
哈
哈
哈
哈

可以假裝不懂得察言觀色
然後笑出聲。

YOU WIN

13

雖然今天也在內心裡哭泣

今天每個人
都綻放著笑容,

大家真的
都過得很好嗎?

「要是過得不好，
誠實地說出來也沒關係」，
如果有這樣的車站就好了。

希望在那個站裡，
有「安慰我就算過得不好也沒關係的人」。

社交微笑

大致解釋起來很麻煩，要做出表情也很麻煩，所以獨處的時候，我屬於幾乎沒有表情變化的類型。但是為了討生活，在必須和人們交談時，就必須努力地配合狀況，做出適當的表情。工作的時候、和朋友見面的時候，甚至是和家人們在一起時，「情感勞動」的感覺沒有間斷過。

大人知道彼此都因為各自的問題過得很辛苦，所以即使需要安慰，也找不到可以依靠的地方，就只能那樣苦撐下去。在過得不好的日子，如果也一直不斷地露出社交微笑（Social Smile）的話，就可以掩蓋住內心裡的啜泣。

其他人好像全都過得很好，為什麼只有我如此痛苦呢？那些笑著的人，會不會其實內心也正做出和笑容不一樣的表情？在知道不是只有我一個人覺得辛苦之後，雖然並不會變得比較好過，但想著自己不是孤單一人，偶爾也能成為一種安慰。

在過得不好的時候，如果可以向彼此坦承就好了：「即使覺得心很累也沒關係的。」

14

有話直說是種魅力嗎？

曾經以為有話直說就是種美德，

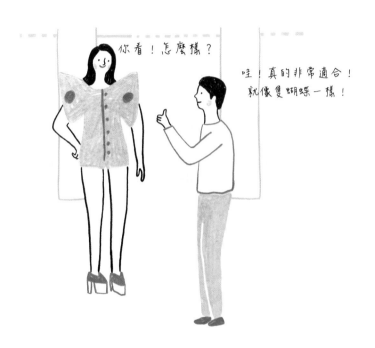

覺得不把自己內心話說出來的人
是偽善者。

不曉得自己的率直也可能變成一種冒犯。

妳真～的很老實呢。

對吧？
那就是我的魅力啊！

我們，必須要懂得區分善意的謊言和偽善。

偶爾也懷念那些天南地北的閒聊

有時候遇到只談論人生快樂及美好部分的人，就會覺得對方吹噓得太過頭，且讓人感到難以親近；與此相反的，只有在彼此能夠分享各自的陰暗面和痛苦事由時，才會覺得那是「真實的」關係。因此，愈是親近的人，就愈會把艱辛的日常或內心深處的苦惱當作對話的主要素材。我自己是這麼認為的：那些行為，是「我將你看得如此親密」的一種訊息。

某天，我結束了一整日辛苦的工作，在聽取某人的煩惱諮詢時，因為站在相反的立場上，才明白自己以前認定是在「分享親密感」的行為，也許對某些人來說形成了一股壓力。而且在連續好幾天都是類似的煩惱交談下，一開始抱有的惻隱之心也消失得無影無蹤。出了社會後，逐漸被各種事情夾擊，每天的痛苦指數都愈來愈高，此時在某個人一天的尾聲，若再把「我的痛苦」也添上去，讓人不禁

開始懷疑這樣的行為到底是不是真正的朋友？平時覺得不著邊際的那些閒聊，現在愈來愈讓人懷念了。

　　在這世界上有各式各樣的人和多種形態的心靈分享，即便只是愉快、輕鬆地交談，對某些人來說，也許那就是敞開心扉的模樣。在各自度過了疲憊的一天後，想對某個人說些玩笑話一起開懷大笑，這種心理的延續，會不會也存在著白色謊言呢？就像是偶爾用善意的謊言或玩笑在對話裡製造喘息的空間。而這種方式，又不同於做作或不能正確表達本意，既是為了體貼自己珍視之人，也是現代人幹練的表達技巧。

　　只要玩笑話的背後是真心的交流，就算不逐一分享生活中的痛苦面，也都足以稱之為真正的「我們」了。

15

今天也只顧著看別人的臉色

溝通的障礙，就在於把自己
變成一個看人臉色的人。

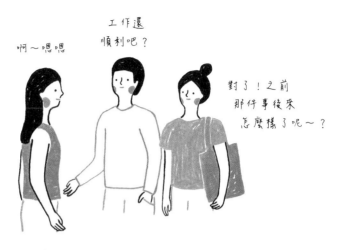

因為太在意別人會怎麼看我，

導致人際關係裡有「關係」卻沒有「人」。

只充斥著「我」的這個世界，

他人的存在也就變得模糊且渺小。

真正溝通的阻礙

雖然很常看別人的臉色，但因為我屬於不懂得察言觀色的類型，所以在與人相處時經常覺得疲累。總是在看別人的臉色，可是卻被說「不懂察言觀色」，讓我沒來由地感到委屈。時常看臉色揣度他人心思的人，對於社交方面的焦慮也很有可能隨之升高，如此一來，為了處理不安的情緒，會消耗掉很多內心的能量，導致缺乏關心他人或把握情況的能力。

舉例來說，像是在對話時擔心出錯而感到緊張，因為只想表現好的一面給對方看，那股無意識的壓迫感導致自己愈想做好，對話的延續就變得愈加困難。

「別人現在怎麼看我呢？覺得我很奇怪或沒出息的話怎麼辦？」

由於腦海裡充斥著這種不安的想法，實際上眼裡根本看不見談話的對象，於是脫口說出了八竿子打不著邊的話；或是因為不知道要怎麼讓對話持續下去，只好露出尷尬的微笑。已經沒有餘力再去關心對方，所以連要說什麼都想不出來。

這種看人臉色的方式，其實只把焦點放在自己身上而非對方，因此並不是他人真正需要的關懷，很難形成「真正的溝通」，雙方的關係也就自然不可能會好。最後，負面的預測和不安成了現實，致使自己確認預感正確，然後強化了這種錯誤的信念：

「果然因為我，這段關係也沒辦法順利維持，還是自己一個人比較好。」

在一段關係裡，你、我必須要共存，但是在這種情況下，既沒有「我看到的對方」，也沒有「我看到的自己」，只存在著「擔心對方會怎麼想的我」。然而，這並不代表自己是個冷漠無情的人，只是因為不安感太重，所以光是要照顧自己就已經到了分身乏術的地步。

因此，如果是與人交談時容易感到緊張的類型，必須要盡量不因為配合對方而將精力消磨殆盡，體貼他人和無條件配合是完全不一樣的。即使交流的方式不同，但只要是出自真心地包容對方，那份心意一定能夠傳達出去。

什麼都做不好所以很想哭

想哭的時候流不出眼淚。

偶爾想放下一切離開，
卻也無法隨心所欲。

有時會在內心裡哭泣，

我真的已經成為大人了嗎？

不想再這樣沒出息

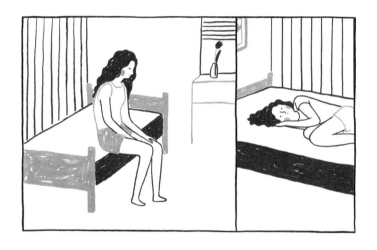

就算過去做了不爭氣的事,
也不會因此就成為沒用的人。

而且每個人都至少
做過一次愚蠢的事，

因為我們都不是神。

就算過去做了不爭氣的事，
也不會因此就成為沒用的人

　　　　　　　　　這是幾年前某個知名流行歌手來韓國表演時發生的事。對方因為沒有遵守預定的出入境時間，也沒有進行彩排等，被認為態度沒有誠意而在社群媒體上引起了軒然大波。期待已久的國內粉絲在公演結束後，到他的個人網站帳號上留下一連串謾罵和抗議的言論。當然，他的行為舉止確實有失謹慎和專業，主辦單位也有一定的責任，但是看著那樣的事態，我一方面也興起了這樣的想法：這個社會是不是很難容忍不謙虛的名人？利用權勢作威作福的人理應受到非難，然而，不曉得是不是因為我們活在一個將謙遜視為美德的社會裡，所以對於擁有名聲和權力的人，只要他們顯露出一丁點不親切或傲慢的態度，我們就會用過於嚴苛的標準加以檢視、批判。

　　或許，那位歌手表現出的行為，並不是在性格方面有什麼特別的問題所導致，而是所謂的人本來就很容易會變成那樣吧。我們極易受到面臨的環境和狀況影響，視為基本

價值的道德感其實相當薄弱也說不定。因此，我們更應該要加以警惕，不要讓自己擁有的美好事物遮蔽住視野，也不要因為狀況艱難就將自我的行為合理化，或是隨意地對待自己。

成為大人，似乎並不意味著變得成熟，我們仍然會不懂事，會對自己和別人造成傷害，即使一邊反省和後悔，也還是反覆好幾次犯下相同的錯誤。在這樣的人生中，我們會做出各式各樣不爭氣的行為，然而，那些也許都只是我們生而為人的佐證。因此，如果有感到後悔的事，在自我反省擴散成過分的自責之前，要在適當的線上畫下句點，因為單是努力想成為比之前更好的人這點，便已經相當足夠了。別將自己不爭氣、不值一提的面貌，和現在的自我價值連在一起思考。

所謂的「過去」，就是你愈想逃避，它愈是緊追不放；你愈想緊緊抓住，它卻彷彿已然消失。如果「過去」正打算一步步蠶食「現在」，不妨狠狠地踹一下棉被，然後閉上眼睛試著去見見過去的自己如何？在腦海裡浮現的自

我面貌，有可能是個孩子，有可能是位少年或少女，也有可能就是昨日的自己。

　　默默走過去給他一個緊緊的擁抱吧！希望你能夠持續反覆這個過程，直到可以在內心深處接納自己並不是一個沒出息的人為止。

夢想著搬出去獨立

不管長到了幾歲，
依然會和媽媽吵架。

每當那種時候，就會夢
想著搬出去獨立。

錢不夠⋯⋯

要對媽媽好一點⋯⋯

為什麼沒辦法拒絕呢？

如果你有「好人」情結，

番薯小姐～
可以拜託妳
一件事嗎？

好喔好喔，
沒問題！

番薯（23歲）／死心眼的番薯，
不太懂得拒絕別人

甜南瓜（25歲）／處事果斷的人

或是不太懂得拒絕別人的話，
請一定要記得這兩項。

不要釋出心不甘情不願、過度的好意。

同樣地，也不要期待對方會釋出過度的善意。

不要！雖然很抱歉，
但我沒辦法幫妳！

南瓜小姐！我也想
拜託妳一件事……

啊……我話
都還沒說完……

只要在這方面做得好，
人際關係的問題八成都能獲得解決。

我之前對她多好……
她怎麼可以這樣對我……！！

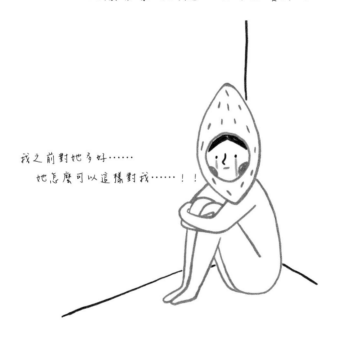

20

今天也踩到了大便

生活中難免會遇到莫名其妙和委屈的狀況，

沒有什麼特別的理由，
事情就那樣發生了。

不是因為我不夠努力，
也不是我不夠小心，

呀！！！

那些情況並非我可以控制的領域。

自尊心小偷**警報**

今天也步伐輕盈地踩到了「大便」。隨著賺錢餬口的日子漸長，相信自己已充分見識過不少奇怪的人時，就又會有「瘋子」出現。世界上到底有多少不同面貌的怪人存在呢？還真是有趣啊。在各種怪異的人當中，尤其遇到「自尊心小偷」（指貶損他人，暗地裡擺臉色，傷害他人自尊的人）時要特別小心。他們的特性是在平日裡屏息潛伏，但看到意志變弱的人時，就會出於本能地前去接近。

日前遇到的某個人，在我感到疲憊的時候，總是會在我身邊給予安慰，然而就在某一天，有久違的好事降臨在我身上，他卻突然開始貶低我的成就，隱隱約約帶有「這件事對妳來說似乎好過頭了」的意味。是的。一直以來，他都將我的不幸拿來和當下的自己比較，用相對的優越感來確認自身的存在。

另一方面，也有只在疲憊時才來找我的自尊心小偷。當然，有人會在遇上困難時前來找我，確實是件值得感激的事，或許我是個值得信賴的人。然而，不管什麼事，「適當」兩個字都是相當重要的。每次都不分場所和時間逕自吐露牢騷和抱怨，像吸血鬼一樣把你的精氣舔拭殆盡，然後連聲招呼都沒打就消失不見。如果碰上這樣的人，就必須在適當的線上喊「STOP」！因為若是長期充當某個人的「情緒垃圾桶」，那麼時間一久雙方就會漸漸將此視為理所當然，而失去了應該要覺得感謝或抱歉的那條適當界線。如果就好像「理應要做」的一樣，一直持續進行這些「並非理所當然」的事，那麼只要稍有不慎就會影響到自己的自尊心。

　　然而，無論我們如何小心翼翼地生活，還是有可能會陷入備感委屈的處境。這種時候，要小心別讓自己掉進命運論的思考模式裡——將事件和我做出因果關係的連結。「為什麼這種事偏偏發生在我身上呢？」、「這個月的星座運勢不太好，果然……」、「會發生這種事不全是因為我嗎？」應該要避免讓自己產生這類的想法。和我有多中規中矩地生活無關，有些事情就是那樣發生了，因此無論遇到什麼情況，我們都有權利不在傷痛裡倒下。

這種時候，與其去尋找原因或改變現狀，還不如採取自己能夠應對的行動。首先，如果有人想傷害我的自尊心，那麼就別讓自己成為海綿，而是要變成一面反光板。不要像海綿般接收他們的話語或行動，而是要像反光板一樣原封不動地照射回去。並非要以牙還牙、以眼還眼地復仇，只是要讓對方知道他們已經越過了線。若覺得這很困難的話，那麼選擇默不作聲地遠離對方也是一種方法。在沒有足夠的精力去應對時，如果就把自己置於矛盾之中，那樣的行為很有可能會使自己受傷。

　　此外，更重要的是，必須將這段時間以來對方向我釋出的善意，和我現在受到的負面影響當作個別的事件分開思考。因為即使某個人對我好或為我犧牲，也不代表他就有傷害我的權利。如果真的是由衷珍惜我的人，一定不會讓我變得討厭自己。

21

人際關係也有保存期限

我也是～！

和你玩最開心了！

不是因為我的錯，

我跟你說酪梨他啊～
竊竊私語……

……

卻和某個人關係破裂而感到難過時，

啊……抱歉……

下次吧～

雞蛋啊，一起玩啊～

這樣想的話心裡會舒服一點 ──

不過就是這段關係的保存期限過了而已。

無論如何，我的心都是第一順位

　　渴望能自己一個人，但是卻又不想變得孤單，不希望自己成為把關係鬧僵的那一方，所以在生活中總是無意識地耗費過多心神在周圍的人身上。有些時候，和不是非常重要的人發生一點小問題，也會讓我的一天完全毀掉。每逢那種時刻，我就會深刻感受到自己是個多麼依賴人際關係的人。

　　所謂的朋友就是「能夠共享和理解一切事物的存在」，一直以來我對此深信不疑，所以只有少數的摯友被我列入朋友的範疇，而我也對他們產生過度的依賴。但有時候，基於莫名的原因，在某個意想不到的瞬間關係就會破裂。某一天會突然感覺自己好像被孤立，或是原本相處得很親密的朋友，不知為何卻給了我一種難以言喻的距離感。因為無法得知箇中原由，所以讓人感到更加無力。我試圖要主動修復這段關係，但又覺得會平白無故讓自尊心受到委屈，於是就那樣放著不管。

有時候面對無可奈何的事，抱持著順其自然的想法或許更好。雖然因為無能為力而想要試圖佯裝灑脫，但平凡如我們的人生，果然難以隨心所欲。因此，在任何一段關係的保存期限屆臨時，為了不讓自己成為宇宙塵埃，必須懂得摸索屬於自己的應對方法。

　　可以共享職場大小事的朋友，能夠分擔家庭問題或戀愛煩惱的朋友，覺得倦怠時可以倚靠的朋友，發生好事時比任何人都還要替我開心的朋友……等等，每個人在不同的人際關係裡，都有自己覺得聊起來最安心的領域；因此，要懂得打造自己在遇到困難時可以仰賴的各種裝備，並且不要過於依賴同一個人。對象不一定非得要是人，像是和小狗一起去散步，或者是游泳、享受美味的炸雞、學習樂器等等也都不失為一種方法。

　　雖然在人際關係裡沒有所謂的正確解答，但我依然堅信的一點是：無論何時，讓自己的內心感到舒坦是最重要的。因為不管怎樣，我的「心」永遠是第一順位。

22

現在才開始已經太慢了

現在做的各種嘗試，沒有人知
道會出現什麼樣的結果。

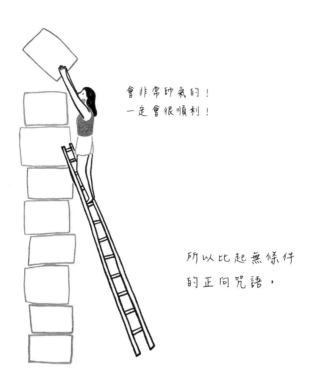

會非常帥氣的！
一定會很順利！

所以比起無條件
的正向咒語，

不如抱著開放的心態面對任何結果。

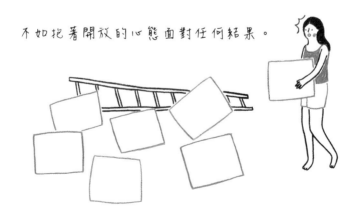

明知道有可能會氣餒，卻還是懷抱著
希望，這才是真正的勇氣。

我知道不可能
都如我預期的
順遂，

那麼明天
再試一次吧！

不要在心上畫地自限

「現在才開始不會太晚了嗎？試過之後如果不成功怎麼辦？」

當令人心煩意亂的字句浮現在腦海裡時，有時候會希望聽到明確的答案。像是「沒關係，任何事情的起步都沒有所謂的『太遲』」、「連試都不試就放棄嗎？」之類。

我們過去都曾是個勇敢的孩子，對任何想要的事物都懷抱著夢想，而現在卻成了膽小鬼，因為知道在這世上即使全力以赴，也未必能事事如願。於是，在努力過後卻害怕得知結果時，往往會採取以下這兩種態度：「我真的完全不抱期待，就算不順利也無所謂。」一邊這麼說，一邊提前把希望都斬除；又或者是不斷默念積極正向的咒語：「一定會成功的！」事實上，這兩種態度都是不希望自己因為出乎意料的結果而受傷，所以刻意將其合理化。在這些話語的另一端，也許真正的心聲應該是：「我很想把事情做好，但又擔心會讓自己失望，真的非常害怕。」

我們可能都知曉答案：現在開始其實太晚了，努力也不一定會成功。然而，就算稍微遲了一點又怎樣？是錯誤的選擇又如何？或許我們想要的既不是冰冷的正解，也不是顯而易見的安慰。我們真正需要的，是不管面對什麼樣的結果，都會想盡一切辦法活下去的信念。

　　所謂的「心」本來就難以聽從控制，但為了克服自己的恐懼感，必須得反過來利用、全盤接受存在於內心的不安。一邊抵禦失望之情又一邊試圖做些什麼，和接納恐懼的同時一邊做出挑戰，兩者會帶來本質上完全不同的結果。因為前者為了迴避恐懼和不安，需要消耗極大的心理能量，絕對無法將自身的力量發揮得淋漓盡致。

　　一直以來，我們雖然在學校裡做了很多配合標準及框架的練習，可是卻沒有什麼機會學習一敗塗地後該如何重新站起來。在這個快速變化的世界裡，如果只是過於耿直或死板，可能不曉得哪一天就會遭受重挫。或許，得以堅持到最後的人，是即使被擊潰也能夠撿拾、擁抱碎片，接著再馬上重新振作起來的人。

未知的前路並非只充斥著不安，還有心動、好奇、趣味等價值，而這些是絕對無法在可預測的範圍內獲得的。唯有懷著不安的心情，將自己拋向「人生」那片大海的人，才能夠享受到浪濤的美麗。

　　最可怕的也許不是這個世界，而是提前設立界線的我們自己。

23

自然的法則

這個聽說加入會員的話
就可以打9折。

真的嗎？

天啊⋯⋯還要往下滑
到什麼時候⋯⋯

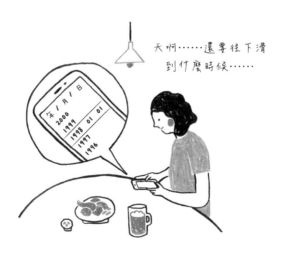

變老和變胖為什麼
這麼容易啊？

朋友啊，因為那是
不違背自然法則的行為呀。

面對存摺只能唉聲嘆氣的時候

這帳戶餘額是真的嗎⋯⋯

收支表整理中

決定反正都要當乞丐了，
不如做個開朗的乞丐。

馬卡龍
為什麼那麼貴……

我多麼認真工作啊！
有資格買一個馬卡龍
犒賞自己吧！

為自己花點小錢的時候，
不再那麼有罪惡感。

完全地享受
那個瞬間。

並不是想說愈辛苦就愈要保持
正能量那種陳腔濫調，

而是對我們來說，有權利選擇讓
自己的心情過得稍微輕鬆一點。

反正都是乞丐了，就做個開朗的乞丐吧

每次看到帳戶餘額就會冷汗直流的話，不妨試著轉換一下想法吧！如果不管再怎麼努力存錢都還是乞丐的話，那麼就試著做個開朗的乞丐！雖然我總是強調「不要刻意讓自己變得開朗」，但若那股明朗的氣息不只是精神勝利法，而是真正從內心自然、輕鬆地流露的話，那麼就永遠是正向的。對我們來說，不管什麼時候都有順從己心的權利。

建立屬於我的標準

猶豫了很久的旅行、想要學習的嗜好，對於那些如果現在不做，以後可能就沒機會的事物，勇敢地做出「有意義的消費」吧！持續練習配合自己的標準花錢和存錢的話，就算面對的仍然是「空空如也的帳戶」，不安的感覺也會降低。如此一來，心情自然而然會變得輕鬆，也會看見自己所處環境的優點，不是嗎？所謂的「錢」在放置不用時，不過就是張紙而已；但當我把它花在有意義的地方時，它就會向我而來並且綻放成美麗的花朵！

好像全宇宙都討厭我的時候

不是只要鼓起被討厭的勇氣，
被厭惡也會覺得無所謂。

哈囉～！

不知道是不是有人
正在討厭我，這種
感覺真的非常磨人。

明知道不可能每個人都喜歡我，
我也不可能都喜歡每一個人，

但有時這樣的想法卻無法帶來任何幫助。

這種時刻，先將所有思緒停下來，

和樂

融融

去見一見那些確實愛著我的朋友們吧！

尋找適合我的應對方法

所謂的「心」，其屬性既不明確也非固定不變，無論是誰都沒辦法正確掌握自己的內心，因此，在推測他人的心意時，無論如何那都只是我自己單方面的想法而已。如若內心還是感到不安，那麼就和實實在在支持我、為我帶來安定感的朋友們小聚一下吧！或許也有些人是在獨處後會有所幫助。多嘗試各種方法，逐漸找出適合自己的應對方式。尤其重要的是，比起每次都在對方的態度上賦予意義，不如確信他人的預設狀態都是喜歡且尊重我的。

真正所謂「被討厭的勇氣」

在這世界上，沒有人會覺得被討厭還無所謂的，因為人的心都是很自然地這樣運轉：我向對方付出了多少，就會期待同等的回報。因此，被討厭時就算無法瀟灑面對，也不要為此過度擔心。所謂真正的被討厭的勇氣，不是努力假裝無所謂，而是要原原本本地接受，在這世界上同時存在喜歡我和討厭我的人。

上下班在地獄般的地鐵裡靈魂出竅時

閉起眼睛集中在流洩出的音樂上，

想像自己身處在夜店裡。

在內心裡跳舞。

動滋動滋

扭來扭去

因為音樂是國家唯一
允許的「毒品」……

這裡只有節拍和我，以及把手而已。

本列車終點站為江南、江南站。
下車門位於……

在終點站，假裝若無其事地下車。

想像是免費的

我找到了不管在什麼樣的地獄車廂裡，都能愉快地活下來的獨門絕招，那就是「觀察」和「想像」。偷聽（大部分都講得很大聲，所以也很難說是偷聽）中年大嬸們講的悄悄話（彼此陌生的一群人為了打破尷尬的氛圍，分享一些無關緊要的雜事），或者想像自己在遙遠的未來因為成名而接受採訪，提前先把到時候要說的話準備好。無論在何時何地，只要閉上眼睛就可以免費獲得快樂的想像，這是多麼地美好啊！

屬於我的快樂榨汁機

人生日復一日，卻沒有一件事是容易的。在絕對不可能享受日常的狀況裡，就像用榨汁機榨檸檬一樣，把快樂榨出來吧！在冷冰冰的都市中度過漫長的一天後，什麼才是能夠將靈魂清爽地浸透、只屬於我的快樂榨汁機呢？

PART 03

不管是今天還是明天，
我都只想待在家裡

24

偶爾會覺得所有事情都很煩

全都很無聊。

吃好吃的東西也是，　　　　看有趣的電影也一樣。

雖然社群媒體裡的我看起來很享受，

但實際上我真的非常無聊……

持續很久的倦怠症

就像照片裡的食物看起來總是比實際的更好吃一樣，偶爾盯著社群媒體裡比現實生活中更幸福的自己，會感覺空蕩蕩的心似乎就要坍塌。那些不管做什麼都覺得無趣、對所有事都感到厭煩和無意義的日子，在沒有任何人察覺之下漸漸變得頻繁，而壓抑著我的那股無力感，正在侵蝕好不容易撐過來的每一天。直到我越過那漫長又可怕的倦怠症泥沼後，才知道自己當時有多麼疲憊。

大家都說對現代人而言，輕微的憂鬱和無力感就像感冒一樣常見，因為我們活在一個生計問題沉重且容易感到倦怠的社會裡，連成為一名「普通的大人」都很吃力。認為無力感只是環境造成的，所以大部分的人都覺得沒什麼大不了，經常選擇視而不見。此外，倦怠症不像憂鬱症一樣會產生明顯的社會性功能降低，也不常出現嚴重的行為問題，因此周圍的人有時會將倦怠症單純地視為「意志力薄弱」或者「努力不足」。當然，根據每個人的情況不同，

有些人的倦怠症會在經過一段時間後，就像感冒一樣自然而然地痊癒。不過，若處於倦怠的狀態過久且置之不理的話，那樣的面貌就很有可能會實際成為自己的一部分。而最可怕的是，自己還會對那樣的我貼上標籤，像是「我原本就是個懶惰的人，本來就意志力不足」。

世上沒有「本來就怎樣」的人，每個人都理所當然地有自己的故事和理由。而最了解箇中原由、能夠給予安慰和鼓勵的人，也就只有我自己。

25

憂鬱症調適法的矛盾

因為很憂鬱
所以沒有力氣運動。

因為很憂鬱
所以沒有看書的欲望。

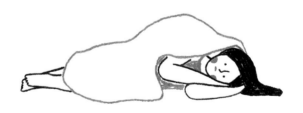

因為很憂鬱
所以沒有出門的力氣。

沒辦法的……
我一定做不到……

真的能夠克服嗎？

不久前我因為右手受傷，曾打了兩週左右的石膏，一開始行動很不方便，我為此不知道有多擔心。然而，頂多在過了半天之後，我便習慣了那種不適感。並非在那段時間裡痛症立刻有所減輕，而是每當身體生病或受傷時，我們就會驚訝地發現自己竟然能夠如此迅速地適應病痛，並且在痊癒之後，又是多麼輕易地就忘記那股疼痛感。我們對於所處的狀況和環境，通常能夠很快地適應，然後變得熟悉。

就像是身體上的病痛一樣，心靈的苦痛也很容易就會被適應，因此內心的創傷如果一直持續下去，最後我們甚至會忘記原來的自己是抱著什麼樣的心情生活，痛苦的心境成為了一種默認狀態。即使大腦充分地理解為了克服憂鬱感，好好地維持基本生活秩序相當重要，可是在經歷憂鬱期的那段日子，這並不是件容易做到的事。因為深陷憂鬱，導致難以保持規律的日常框架，但人們竟然說只要

「克服症狀」就是治療憂鬱的方法。這樣的諷刺，反倒讓許多人因為無法用意志力克服憂鬱感，而陷入自責當中。

情感與想法和我們的身體互相連結，因此憂鬱感也會實際地對身體造成影響。若長期陷於憂鬱或倦怠之中，看似簡單的事情也會漸漸變得難以實現。我們在身體有病痛時，對於要去醫院尋求專家協助不會抱有一絲懷疑，然而在心靈感到痛苦時，卻錯誤地認為應該仰賴自己的意志或精神力去獲勝。其實，在內心受到創傷的時候，也必須要向某人發出求救訊號，盡可能在周遭人的幫助之下，一一去解決導致憂鬱症原因的現實問題，這點非常重要。

比起立下宏偉卻渺茫的目標，起步要具體且容易、有可能確實付諸行動的更好，像是「一週挑選一天讀一頁的書」、「一週三天，每天散步五分鐘」等等。

即使微小，也要反覆地累積成就感，如此一來才能重新找回對自己的信賴。就算一時難以做到，也希望你能維持自己的步調，然後在每天上床入睡前，一定要稱讚為親愛的自己拚盡全力的「我」。

26

翻找Messenger好友列表的夜晚

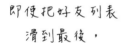
即使把好友列表
滑到最後，

也找不到可以
分享煩心事的人。

如果上傳到
社群媒體的話，

心情又感到五味雜陳。

「今天也很辛苦啊。」
只想聽到這樣一句話的日子。

即使聚在一起也還是覺得孤單

和朋友們見完面後，

在回家的路上，

為什麼突然
覺得如此寂寞？

不曉得為何突然感到心情低落，

回到家後因為覺得疲倦，

變得什麼話
都不想說。

今天也把約會取消了

愈是覺得被孤獨感壓得喘不過氣，就愈是沒有辦法與任何人見面。不想在和某人碰面嬉笑打鬧後，回家的路上獨自承受變得更沉重的孤獨感；也無法忍受和大家聚在一起時，只有自己好像飄浮在半空中般，心情因此更加感到寂寞。於是，我開始經常取消和朋友的約會，然後自己躲起來，因為對我來說，相對的孤獨感比絕對的孤獨感更加可怕。

沒有人可以和我共享所有的時間，如果像用信用卡來填補金錢空洞一樣，試圖以朋友來抵擋孤獨感的話，反而會陷入召喚更多寂寞的境地。儘管如此，我們還是不停地渴求並尋找能夠陪伴自己的人，不是因為想和他待在一起，就只是無法一個人獨處而已。

然而，孤獨感並不會因為有人陪伴在身旁就隨之消散，一直要到我們不需要再向外追尋的那一刻起，才得以成為能將某個人留在身旁的人，然後開始禁得起些許的孤獨。

　　在那之前，我只能學會面對寂寞，並且懂得自得其樂。

28

這樣生活也沒關係嗎？

即使一直感到不安，

也還是什麼都沒在做。

日子這樣過也可以嗎？

真的
無所謂嗎？

什麼事都不想做

　　偶爾會有身體提不起勁、什麼事都不想做的時候，但卻又被推遲工作的負債感和無止境的不安折磨著。因為某種原因而造成的不安，會隨著時間流逝逐漸定型，日後即使原因消失了，也會持續將自己逼入焦慮狀態，也就是「對不安感上了癮」。對焦慮感成癮，或是隨之產生的倦怠症，大多容易出現在擁有完美主義傾向的人身上。因為想要事事追求完美，為此消耗了同等的精力，所以休息時也應該徹底地放鬆，但完美主義者在休息時間也懷抱著不安，焦慮感當然也就會持續。原本是因為想要把事情做好才感到不安，最後卻矛盾地變成什麼事也進行不了。

　　而這種時候極易出現的行為當中，最糟的就是「硬要在社群媒體上翻找用心生活的人」。如此一來，便會在焦慮的情緒上又增加負面想法，混亂的思緒不斷蔓延，就像奪門而出、翻山越嶺又渡過江河一般，直至漂流在大西洋的某個地方。

「人生我也是第一次經歷，所以凡事都很生疏，為什麼其他人可以過得那麼好呢？」

「其他人都很用心在生活……我也想努力過活，可是完全沒有幹勁。」

此時，為了擺脫對焦慮感的成癮，不管能不能順利，開始著手做該做的事情是唯一的解決方法。如果實在難以做到的話，也可以暫時去散散步，讓腦袋放空一下。因為人在感到焦慮時，腦海裡浮現負面想法的可能性較高，這樣一來，還不如停止思考，做一些可以放鬆的事情更好。

29

需要多一點時間的人

現在都幾點了！
還不去行光合作用嗎！

我知道你是因為愛我才那麼說的，

要站在正中間好好地淋雨啊！
珍貴的雨水都流掉了怎麼辦！

也知道你是希望我長得茁壯才那麼做。

可是，能不能偶爾
也對我睜一隻眼閉一隻眼，
再等待我一下。

我也許，

只是比起其他人，

稍微再

需要更多一點的時間而已。

對失控的狀況感到倦怠時

因為失控的情況而感到痛苦時，

與其拚命
試圖從中逃脫，

不如將心思放在我現在
力所能及的事情上。

不因現實而感到崩潰，一步步學著
依靠、生存下去的方法就可以了。

休息一小節**後再繼續**

　　因為失控的情況而感到無力時，就會想要找點什麼更刺激的事物。看電影時會傾向挑選驚悚片或災難片；吃東西時會在辛辣的食物上再撒上辣椒醬，讓口感變得更強烈，或是選擇飲酒。比起和讓我感到心安的人在一起，有時候我更執著於讓我覺得痛苦的人。每當那種時候，我對任何事物都難以集中精神，像是聽喜歡的音樂、靜靜坐著看書這類來自日常的平靜喜悅，都明顯地減少。因此，在無力感停留一段時間又消散後，偶爾我會連洗澡時單純的身體觸覺都感到相當陌生。

　　如果一直長時間感到無力，身心都會陷入疲乏，僅僅是來自日常生活周邊的刺激，也會增加勞累和壓力。這樣一來，因為用於接收感情或感覺的能量減少了，對快樂和幸福的感覺也會連帶變得遲鈍。和我們會去尋找刺激的電影或食物的道理相同，這種時候會很容易把心思傾注在混亂的事情上面，認為只有心理上的痛苦等痛覺才能讓人產生知覺，所以即使已經是悲傷的狀態，也會自己讓自己的內

心更加難受。會令我們感到痛苦的情況，大多是負面或刺激性強的事，因此我們愈是感到無力，就愈會陷在使自己倦怠的那個原因裡無法自拔。更諷刺的是，連想要擺脫那種局面的種種努力，也成了負能量再生的源泉，掉進了愈花費心思、就愈感到倦怠的惡性循環中。

《別想那隻大象！》（*Don't think of an elephant!*，暫譯）的作者暨語言學家喬治・萊考夫（George P. Lakoff），在大學教授認知科學概論時，向學生們出了一道課題：「不要去想大象。」然而，據說沒有一位學生成功完成那項課題，因為我們的大腦在聽到某個單字時，就會自動產生與其相應的框架，甚至是否定那個單字的框架也一樣。

如果想要限制孩子做某一項行為的話，與其讓他無條件地忍耐，不如將他的注意力轉移到其他有趣的事物上會更加容易。對大人來說也是同樣的道理，我們都曾有過這樣的經驗：為了做某件事而打開網頁，但卻隨著意識的流動去點擊各式各樣有趣的東西，把本來要做的事忘得一乾二淨。現在，就反過來利用這樣的習性吧！在自己無法控制的狀況下感到痛苦時，不要把精力集中在擺脫現況，而是把能量轉移投入到自己現在能做、想做的開心事上。

藉由這樣積極的作為，先喚醒鈍化的感覺後，就能慢慢地提高心靈能量的水平，並且利用這股力量，進一步去解決各種問題和情況。若因為總是想起「大象」而覺得疲憊的話，那麼就讓自己休息一小節，找找看能和「大象」盡情玩樂的方法如何？

31

和朋友見面後就筋疲力盡

活潑的朋友 ➡ 一起處於興奮的狀態然後
去呼應對方 ➡ 因為陪笑而筋疲力盡

文靜的朋友 ➡ 不知道為什麼安靜的氣圍
讓人難以忍受，所以表現得比平常更誇張
➡ 因為太誇張而筋疲力盡

一對一見面的時候 ➡ 會一直輪到我說話
➡ 因為話說太多而筋疲力盡

嗯嗯

那個啊～昨天我
和女王蜂⋯⋯

和多人一起聚會的時候 ➡ 一直思考要在
哪個時間點插話 ➡ 因為察言觀色而筋疲力盡

話說我家的
貓奴啊～

那……那是
我的飲料

和稍微有點難搞的朋友見面時
➡ 擔心犯錯所以下意識地一直在檢討自己
➡ 因為相處困難而筋疲力盡

和相處起來舒服的朋友見面時
→ 分享了只有好朋友之間才能說的極憂鬱話題
→ 因為太憂鬱而筋疲力盡

宅指數滿分

宅男、宅女們
只要從踏出家門的那一刻起，

宅宅生命值
就開始枯竭。

*什麼是「宅宅生命值」?
確保自己待在家裡時就能維持的數值。以
此生命值在戶外活動一定時間後,返家
休息的話就可以重新充滿電;如果未能回
家,生命值就會急遽地下降。

體內的辛辣濃度或
甜食濃度降低時,

也會引起類似的反應。

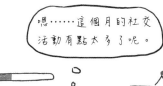

嗯……這個月的社交
活動有點太多了呢。

體內的宅女濃度
如果降低的話，

超宅女時期
一個月有兩次約會就覺得麻煩

無比幸福

就一定要窩在家
重新把電充滿。

把筆電橫放追美劇

如果是真正的宅女，
即使不踏出家門半步，
也可以僅憑胡思亂想
就度過充實的一天。

棉被外面的世界很危險

　　　　　　　　曾經有段時間我是很懂得自己玩的達人，那時除了一個人去咖啡廳，也會一個人看電影，一個人喝酒，一個人逛街，一個人吃飯，連工作都是一個人完成。在那樣的生活裡，唯一一項讓我覺得不方便的，就是會在菜單上標註「須點兩人份以上」的燒烤類餐廳，我實在提不起勇氣一個人入內用餐。

　　即便如此，這並不代表那個時期的我對人際關係沒有需求。就那樣度過了一天回到家後，我會在社群媒體上翻找人們三三兩兩聚在一起嬉笑、打鬧的照片，然後獨自蜷縮成一團，想著自己是不是哪裡有問題才與這個世界不合。

　　然而，如果實際和某人見面進行各種活動，與其說是快樂，精神上的消磨感更大。就連和相處起來舒服、真心喜歡的朋友們在一起時，比起享受那個場合，總覺得自己好像應該要更努力去做些什麼。因此，我想著「果然自己一個人的時候最舒心」，在有人約我之前都不太出門，

也不會主動聯絡朋友訂下約會時間，大部分的事情都獨自一人完成。我甚至連電話都不太打，主要利用簡訊或Messenger，有時候到了晚上才驚覺：「啊，我今天一整天都沒有和人講到半句話耶。」這樣描述起來，也許會讓人聯想到心酸的場面，但對我來說，這樣的生活沒什麼特別的，我對此感到相當滿足。

宅男、宅女們主要是在家休息時，心理能量能夠獲得充電；相反地，喜歡外出的陽光男孩、女孩們，則是透過戶外活動獲得能量。因此，根據每個人的喜好不同，對於「休息」的概念也不一樣。如果是內向性很強的人，且在情感上已經呈現消耗殆盡的狀態，那麼和朋友的約會就不再是「休息」，而像是一種需要處理的「待辦事項」了。當然，並不是說宅男、宅女們討厭玩樂，而是因為在他人面前轉換為社會化模式時，會消耗自身不少的能量。

「那樣一直只待在家不會無聊嗎？」
「週末整天待在家都在做什麼呢？」

如果被問到這個問題，宅男、宅女們會非常驚慌。愚笨的眾生啊，難道你真的不知道待在家裡也能度過多麼豐富、多彩的一天嗎？

　　如果大家都能以寬容的心去理解彼此的性格差異當然最好，但就算沒有人能夠理解我，也不代表我就是個奇怪的人，不必為此過於擔心。要想好好照顧自己的心靈，就只要按自己覺得最舒適的方法充電就可以了。當我以最自然的樣貌生活時，才能好好地照顧自己以及我所珍視的人。只要事先將自己的狀況及心情告訴他們，並且請求諒解的話，真正與我站在同一陣線的人，一定能夠給予我充分的時間和等待。

33

努力就能餵飽自己嗎？

在知道自己已經竭盡全力時最感到心累。

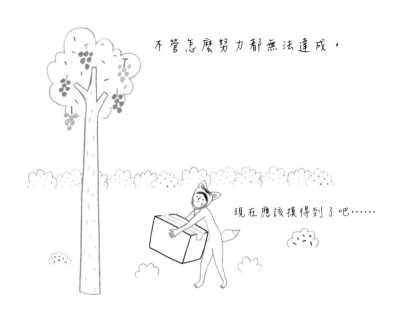

不管怎麼努力都無法達成，

現在應該摸得到了吧⋯⋯

接受自己能力有限
的這個事實，

呃⋯⋯為什麼不行呢⋯⋯！

不做了……
放棄的話最輕鬆……

會讓人無法再進行更多的努力或挑戰。

然而，某天在回首過往時，
會發現那些努力被完整地保留了下來，

也成為了邁入下一階段的助力。

放棄的話**最輕鬆**

似乎再也無法努力下去了，但現實和理想的差距依然很遙遠，有時候會無止境地感到倦怠，身體和心靈就像處在「暫時停止」的狀態一般。人們所感受到的疲憊，並不是生理上的勞累，而是覺得不管再怎麼努力都沒有用的時候。只要不再繼續努力，就什麼事都不會發生，那麼也就不用去面對自己的極限了吧？

因為持續地過度疲勞，身體沒有一處是健康的，每次在各醫院來回奔波時，總是會聽到相同的答覆：

「是神經性的疾病，不要承受太多壓力，請好好休息。」

我在心裡碎念著，要是能夠好好休息的話，當初又怎麼會來醫院呢，這時醫生就好像看穿我的心思一樣，又補充了一句：

「走到一半覺得腳痠的話，該怎麼辦呢？」

「應該要休息。」

「是啊，要休息一下再走。當然，也可以換雙舒服的鞋

子繼續走下去，可是會一直對腿部造成壓力。究竟是為了什麼需要做到那樣的程度呢？」

瞬間我的腦海一片空白。本來是為了過上幸福的日子才做的事，但最後究竟是為了什麼才這樣苦撐著？本末倒置已持續了一段時間，難道是因為一直以來都抱持著「在這裡放棄的話，就是對自己、對世界認輸」的想法，才如此殘酷地奴役自己的身體和心靈嗎？

在這個社會裡，似乎將克服自己的極限視為一種了不起的美德，然而所謂的「極限」一定得要克服嗎？到底怎麼樣才算是真正的克服？是斬獲看得見的成果的時候，還是即使受挫也不洩氣地繼續挑戰之時？或許，在覺得自己已經到達極限且筋疲力竭時，懂得適時休息才是真正的美德吧。學習處理挫折感的方法──說不定這也是人生中重要的價值之一。

那些使我們感到倦怠的「充分的努力」，並不會因為中途休息後就消失得無影無蹤，一定會在某天成為另一種形式的洞察，對我們產生助益。因此，如果覺得自己已經拚盡全力的話，這次就稍微放鬆一下，休息一小節後再繼續走如何？

為根本還沒發生的事擔心到睡不著時

因為對未來感到不安而失眠。

很晚睡，然後隔天又睡到很晚。

因為很疲倦，所以把今天要做的事又推遲到明天。

未來又變得更不安了。

無限循環……

自我諮商

在嚴重失眠的時候，想想自己為什麼睡不著，也可能會變得舒服一點。試著由自己擔當諮商師的角色，了解、傾聽前來尋求諮商者的痛苦心事，透過所謂的「自我諮商」來撫慰心靈。

將問題客觀化

「現在我是因為什麼而感到心煩意亂呢」、「原來我正為這件事感到苦惱啊」，試著思考問題，然後用文字把它寫下來並且客觀化。對還沒發生的事情感到不安，代表自己也同樣有很強烈的欲望想把事情做好。因此，與其對自己的焦慮感到擔心或試圖想要根除，不如先承認焦慮感的存在並給予理解。

在凌晨時分需要注意的事

在凌晨時段思考容易變得更加感性，在不安感過分地擴張成不切實際的擔心之前，適當地切斷思緒是非常重要的。

自信心跌到谷底的時候

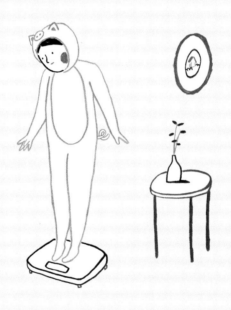

我們家的電子體重計會隨著地板的水平狀態，
在數字上呈現出微小的差異，

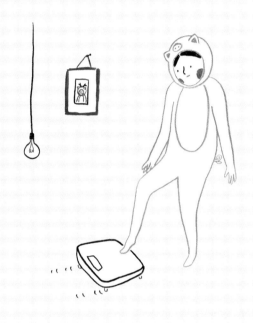

所以我經常將體重計移來移去地測量。

如果覺得體重突然
比平時重的話，

先讓受到驚嚇的心穩定下來，

接著馬上來回尋找
能讓體重測出來
變輕的位置。

量到最低的數字後便感到安心，
再從體重計上走下來。

看著自己的容貌突然如此想道：

沒想到我只打算看見自己的優點，
原來我是這麼正面又積極啊……！

鍛鍊心理肌力

在憂鬱的情緒嚴重時，會很容易忘記曾經發生過的許多美好回憶，彷彿就像是刻意要讓自己變得憂鬱一樣，十之八九會把記憶往消極的方向再重新編輯。轉換後的思考模式，要滲入身體和心靈、蓋掉既有的思考習慣需要一定的時間，千萬要記住，心靈就和肌肉一樣，只有像堅持運動般鍛鍊心理肌力，才能改變已固著在某一方的思考途徑。

在小事情上給予稱讚

如果覺得心情灰暗、自信心下降的話，就試著在小事情上給自己一些稱讚吧！各種非本人意願的比較和擔心，以及多管閒事的人總是如洪水般席捲而來，只要稍微放鬆警惕，很容易就會產生負面的自我認知。因此，平常無論處於哪一種情況，都要試著練習找出自己值得稱讚的地方！

記憶也是一種選擇

雖然我們不能控制人生永遠只發生好事，但我們可以選擇多去回想發生在自己身上的美好記憶。讓我們更經常、努力地去記住那些美麗的事物吧！

被同一個想法無限迴圈地折磨時

如果現在有煩心事折磨著自己的話，

216

就製造出讓自己
更耗神的事吧！

記憶沒有
辦法抹除，

只能覆蓋上去而已。

反過來利用心煩意亂的情緒

能讓受傷的心靈復原的大多是時間。話雖如此，但是等待時間流逝太過辛苦，在忘記傷痛的這段時間裡，不妨試試看「用新的記憶覆蓋上去」的這個小訣竅吧！在有煩心事的時候，就製造出讓自己更耗神的事，藉此來分散思緒和精神。雖然這個方法似乎讓人哭笑不得，但對於會在某一事物上過度糾結的人來說，效果相當顯著。如果能反過來利用心煩意亂的情緒，把想法轉往有益的方向，應該也是種不錯的昇華吧？

開發屬於自己的小訣竅

因為心煩意亂而難以集中在工作上時，打掃房間、整理書桌或是追星都是一種解決方法！不一定要是冥想之類具有模範型態的興趣或愛好，試著開發有助於整理心情且專屬於自己的小訣竅吧！

PART 04

提不起勁
是再正常不過的事

34

每次忙完就覺得空虛

應該要念點書然後
提前預習一下⋯⋯

高中生

眼睛閉上了嗎？
功課會看不到
未來啦！

只要一考完試⋯⋯

就什麼也不做。

應該要念點英文、
看看展覽，還要
去旅行……

大學生

只要一完成作業……

就什麼也不做。

上班族

應該要去運動、念點英文，
還要學吉他⋯⋯

只要一結束專案⋯⋯

就什麼也不做。

只要一完成這次的進度……

死限的魔法

這是我最近領悟到的人生真理：不管如何提前把工作做好，截稿日前一天的熬夜機率都是500%。被死限拖著轉動生理時鐘的人生，就是雖然好一段時間都呈現廢人狀態，但在內心的某個角落又會覺得「原來我這麼認真地生活啊」，升起一種莫名的安心感；然後在截稿日前處於超能力狀態時，經常會從丹田處湧出一股沒來由的自信，想讀的書、想看的電影……想做的事情堆積如山，一股彷彿足以摧毀地球的欲望噴湧出來，更乘勢悲壯地制定了日後的計畫（有那樣的時間還不如先把手上的工作結束）。然而，在被忙碌的工作狂襲一陣過後，必然會有股空虛感找上門來，雖然當下覺得很無聊，可是卻又不想做任何對自己有益或派得上用場的事，如此一來因為變得懶惰，心情也就莫名地感到不安與焦躁，接著持續一段時間陷於焦慮中什麼事也沒做。在無法掌控時間時，內心總是懷抱著無限的欲望；但真正擁有了空閒後，卻又無力地撒手讓時間平白流逝。為什麼總是只對自己無法擁有的東西充滿渴望呢？有時候會害怕自己這樣

一直在等著某件事情的結束，人生也就此一事無成地畫下句點。

如果只抱著完成人生課題或達成某項目標的心態生活，那麼無論投入多少熱情，都難以完全掌握自己的人生。因為我不是自發性地想要做點什麼，而是已經變成被工作拖著走的形式，所以在事情全部結束之後，出於補償的心理會意識性地想讓自己偷個懶。

當然，我們很難把所有事情都當成自己的事來對待，但只要仔細觀察其中的細節，一定能夠找出那段時間裡可以成就自身的某樣東西。至少在投入的那段時間裡，我們不要只盼望著當下的結束，而是要懂得去經歷過程。現階段達成之後，下一個挑戰又會到來，我們必須學會在事情與事情連接的空檔中，提前把快樂插進去。如此一來，在日積月累下內心也將變得更為堅定，即使某天再次被空虛感奇襲，相信也能夠減少自己被動搖的程度。

35

現在做錯決定的話怎麼辦？

嚴肅認真

為了做出稍微更好的選擇，

從頭到尾
都仔細地比較。

但未來的事，沒有誰
可以預料得到，

包裹來了～～！

本來就不存在所謂
「最好的選擇」。

為什麼穿起來不一樣呢……
衣服啊你沒有罪……
都是我的錯，是我的錯……

「擇己所愛，愛己所擇」，
這是你唯一擁有的選擇權。

不管選擇哪一邊，
有得就一定會有失，
無論怎麼選都會留下遺憾。

選哪個好呢～
來猜猜看吧～
可口可樂真好喝，
好喝的話就多喝一點吧？
但再喝的話會拉肚子，
拉肚子的話就要去醫院，
　無所不知的萬能博士啊……

有時候要單純地順著自己的心去做抉擇。

沒有所謂的最佳選擇

　　　　　　　　有些選擇並不會隨著年紀增長而變得容易，而抉擇困難的理由，大部分都是因為答案顯而易見。明知道應該要選擇哪一邊，但是因為不想承擔隨之而來的風險，所以使自己變得猶豫不決。然而，其實不管選擇哪一種，都不可能是最佳的選擇。為什麼呢？因為對那個選擇產生的結果該抱持怎樣的心態，事實上也取決於我自己，所以「更好的選擇」與「錯誤的選擇」一開始根本就不存在。對我而言，什麼才是真正有益的，最清楚那個答案的人也只有我自己而已。因此，不管做出什麼樣的決定，每個人都有自己非那麼做不可的理由。

或許，我們真正想要的並不是最好的選擇，而是隨時可以做出其他選擇的自由。就像薛丁格的貓*一樣，任何人都不能同時存在於兩種以上的狀態，所以在往後的生活裡，我們是要一直去渴望那條沒有選擇的路，還是要在自己擇定的事物當中找出快樂，都將由我們去抉擇。有時候不要過於煩惱，就那樣順從自己的心去做決定，然後熱愛自己的選擇——或許這才是所謂的最佳選擇。

*　奧地利物理學者埃爾溫‧薛丁格（Erwin Rudolf Josef Alexander Schrödinger）於一九三五年提出的思想實驗。

36

一定要正面積極地思考嗎？

有時候努力想讓自己的想法正面積極，反而變得更加厭世。

心就像穿透地面，往地底下無止境地迅速墜落時，

那樣的時刻不一定要強迫自己
正面積極地思考，

不那麼做
也沒關係的。

難以正向思考的時候

　　　　　　　　「要往好的一面想啊！」

　　我不喜歡這種強迫他人要抱持希望的話，因為對於已
經無力支撐疲憊現況的人來說，哪怕是出於好意的建議，
只要稍有不慎，聽起來就會像是言語暴力。「你為什麼不
樂觀一點地想呢？」、「都是因為你的努力不夠吧！」類
似這樣的話，只會引起「我為什麼無法擁有正面積極的想
法」的挫敗感。

　　如果覺得努力地樂觀生活太過困難，其實沒有必要非得
正面積極地思考不可。與其將自己原本抱持的想法一概丟
棄，突然採取過度積極的態度，不如在看到與自己既有想

法不同的狀況時，以「也有可能會那樣」的態度去接納，這麼做就已經很足夠了。不管是什麼，只要試圖掩蓋就會更加明顯。因此，為了想成為正面積極的人，愈是無視明顯存於心中的負面想法，自己的心就愈會想要證明它們的存在。所以能夠這樣想的話會更好：

「我承認自己存有負面想法，但凡事都可以換個方式思考。」

37

因為是我，所以厭惡

改變個性最簡單又最好的方法，

就是不抹去也不否定現有的我，
然後對新的事物敞開心扉。

為了成為全新的自己

因為非常討厭自己個性的某個部分看起來藏有暗鬱的一面，所以一直在尋找可以改變性格的方法。後來我看了一本書，書裡介紹了可以在短期內讓自己變得煥然一新的訣竅，於是我每天早上都會對著鏡子，大聲地喊出令自己充滿活力、邁向正面積極的句子（一定要大聲喊出來才可以，書裡是這樣寫的）。

「我一天天變得更好！」
「我每天都在成為全新的自己！」

我每天都努力地呼喊，可是卻沒有絲毫改變。似乎沒有一下子就帶來明顯的成效，所以我便放棄然後又開始尋求其他的方法。然而，愈是刻意用大腦去接收許多理論，就愈是會在知識與現實的背道而馳中感到困惑及混亂。

「我每天都在成為全新的自己！」

這句話乍看之下好像積極又正面，但其實在話語的背後，隱藏著「我討厭現在的自己，所以必須要全盤改變」的想法。就這樣掉入陷阱裡，用錯方法努力之後，會導致空虛感反覆地出現，進而內化成為一種危險的信念：

「我絕對不可能有什麼改變的。」

許多心理學的書籍和心理學專家、精神科醫師都說與生俱來的性格不會被改變，但即使如此，我們也不需要因為自己天生的基因遺傳或環境感到挫折，因為所謂的改變性格，其實更近似於「拓展自己的思考」。也就是說，我們的方式並不是要把 A 改換成 B，而是要在 A 裡面再加入 a、b、c 等等。提到改變性格的話，容易讓人感到一片茫然，但若只是追加新的思考方式，不是很值得嘗試看看嗎？如果是一直以來只喜歡蘋果的人，那麼就試著吃一次橘子；若覺得橘子不怎麼樣的話，就再嘗試吃吃看別的即可。重要的是，千萬不要試圖抹殺或否定現在的自己，只要保持自我原本的模樣，然後一步步添加需要的各種面向就好。

若想這麼做，就需要一定程度的時間，就像身體已經適應的習慣很難在短時間內改變一樣，人類的思考模式也不會在朝夕間產生變化。在過去的歲月裡已經定型的我和現在的自己，就好像是馬拉松比賽裡的競爭者般，一路上互相壓制著對方前進。

過去那段時間我為了改變自己所做的種種努力，其實是在完全否定我自己的情況下，努力扮演出來的假象而已，所以當然每次都很快就感到倦怠或是想放棄。雖然我依舊不是對自己所有的面向都感到滿意，但現在我已經不會再高呼著不切實際的樂觀和無條件的正面積極，而是以「現在的我固然不錯，但做出不同的嘗試也很好」來取代，在生命裡邊走邊和自己妥協。

要想成就全新的自己，需要的不是更努力地生活，也不是變得更加勤奮，而是那股對細小但嶄新的事物敞開心扉的勇氣。

38

哇，杯子裡的水空了一半！

有時候比起填滿，
更需要的是放空。

需要放空的時刻

「哇，杯子裡的水還剩下一半呢！」

「唉，杯子裡的水只剩下一半了。」

這是在談到對自己擁有的東西是否知足時常見的比喻，我們藉此學到了即便只擁有半杯水，也要懂得滿足和幸福，而且幾乎是被半強迫地要成為一個心靈富足的人。

然而，在這個理論上有一個盲點：「就算只剩下半杯水也要懂得滿足」這句話，是建立在「只有填滿」才能獲得滿足感的前提之下。為什麼覺得只有在水「被填滿」的時候才是完美的一方呢？不能反過來肯定「空著的部分」嗎？也就是說，明明一開始就將「要把某樣東西填滿才能得到肯定」當作前提，怎麼可能要人眼睜睜地看著那空缺的 50%，還要能適當地感到滿足呢？

試著把觀點倒過來看看吧！假如是需要一個空杯子的人的話，他會怎麼想呢？

「杯子已經清空一半了耶！」或是「唉，杯子怎麼才清空一半而已。」

在這個情境裡，「空缺」的部分才被視為正向的一方，因此對需要空杯子的人而言，殘留的水反而可能使他們無法獲得滿足。倘若是想要在杯子裡插花的人，他們又會怎麼想呢？或許保有適當水量的杯子，對他們來說就是最完美的。

在這個理論中，重要的不是懂不懂得以積極正面的角度來看待水杯，而是不應該將「完美的一方」定義為「填滿」或是「空缺」。在實在難以滿足的情況下，比起讓人無條件地用積極樂觀的態度來看待事物，不如創造一個將「積極樂觀」的定義擴大的世界。在這個世界上，人們根據自己所處的環境或思考觀點來獲得各式各樣的滿足，我們甚至找不到和自己擁有一模一樣指紋的人，又怎麼能要求所有人都會在同一個狀態下感到幸福呢？

因此，要對杯子裡剩下一半的水感到高興的這種說法，或許對我們而言已經是在「樂觀積極」上定了某種標準答案：總是要努力把什麼填滿，才能離滿足的狀態更近。

　　有時候比起填滿，我們需要的是放空。

39

再怎麼努力好像也看不到盡頭

你是蓮花

蓮花完全盛開需要很長的時間。
假設蓮花到全開需要一百天的話，
盛開到 90% 的程度大約耗時五十天，
剩下的 10%，也就是到完全綻放，
還要再花費五十天的時間。

在好像看不到盡頭的時候，
在努力了很久卻絲毫沒有改變的時刻。

就想想蓮花吧。

在表面上看起來停滯不前的時候，
依然為了綻放那剩下的 10% 而孤軍奮鬥的你，是蓮花。
在看不見的地方也依然努力不懈地成長的你，是蓮花。

只想就此全部放棄

不管什麼時候，
我拼命想獲得的事物，

都會在我已經
放下後才找上門。

放下
並不意味著放棄，

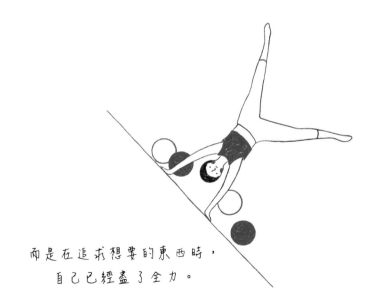

而是在追求想要的東西時，
自己已經盡了全力。

剩下的
就交給人生，

讓所有的事物都能找到自己的位置。

放棄和放下的差異

因為學校生活不輕鬆，而且科系也和我的興趣不合，所以有段時間我選擇休學，然後在約聘制公司上班。我沒有錢、沒有朋友，和家人的關係也一言難盡，我覺得圍繞自己的所有事情都糟糕透頂，那段時間只要一結束工作，我就會像個宅女般癱在房間裡。某天，我在路上遇到要求幫忙填寫問卷的邪教傳教士，我不只請對方喝了咖啡，還聽她講解好一陣子，為了釐清我的人生究竟是在哪些岔路上走偏，甚至差點跟著他們去所謂的「祕密基地」朝拜。幸好我在清醒後就與他們斷絕了聯絡，「到底什麼樣的人，會被那種宗教欺騙然後陷進去呢？」我想，自己會差點上當的理由，或許是當時我已到了就算放棄生命也不會有什麼留戀的地步，處於極度絕望的狀態吧。

在生活開始從夢想的軌道上偏離時，所有其他的事物也讓人感到毫無意義，挫折感不斷地增生，以至於想要乾脆全部放棄。聖賢者都說，只有放下才能獲得自己想要的東

西，但我不知道所謂的「放下」到底是什麼意思。

漫畫家李賢世（이현세）曾在他的著作《人生就是相信自己並走下去》（인생이란 나를 믿고 가는 것이다，暫譯）中這麼說道：

「如果放棄意味著對一切撒手，那麼接受命運就是另外開闢出一條道路，然後繼續往前走下去。（中略）自始至終不做出任何行動，只是被動地以虛無主義的態度去埋怨命運，和平靜地接受命運的態度是完全不同的姿態。『我的命運就是這樣，哪還有什麼能做的？就這樣馬馬虎虎地過吧』屬於前者；『若我的命運就是如此，那我願意接受其中的無可奈何，然後試著找找看有哪些事是我能做到的』，這才是懂得克服命運的人生態度。」*

「只有放下才能獲得自己想要的」，這句話說的不是念力或魔法咒語之類的東西，而是要我們在當下難以改變的事物上暫時放下執念，投入到自己力所能及的事情中去。

每個人應該都有在做自己感興趣、享受的事情時，覺得時間過得特別快的經驗吧？如果先把注意力集中在自己可以做到的事情上，那麼就能從中獲得小小的成就感，且在此期間也會覺得時光流逝得很快，從而順利度過自己覺得不幸的那段時期。倘若圍繞著自己的世界好像有什麼地方出了差錯，那麼，轉動一下老是盯著某個定點看的視角會比較好。這樣一點一滴積累起來的小小成就感，具有足以引發連鎖效應的能力，在未來的某一天，一定能夠與自己先前擱置的事物變得更靠近。

與所有事情都按照計畫順利進行相對的詞不是「放棄」，而是懂得「放下，然後順其自然」。

* 李賢世，《人生就是相信自己並走下去》，tornado 出版，2014，第 42 頁。

41

活著怎麼會如此倦怠

有光亮之處，

我一定會有黑暗。

現在感受到的倦怠期的另一端，

或許也存在著對生命的
熾烈渴望。

倦怠的反證

　　雖然經常把「人生要過得舒服一點」這句話掛在嘴邊，但每當真正實現了某個目標，生活又往前邁出一個階段時，卻又會被巨大的無力感與倦怠感折磨。難道是因為我們曾經翹首期盼的那樣東西，不是生活的一種手段，而是已成為生命的目標了嗎？所以每當達成一個目標，就連活下去的理由也一起消失殆盡。直到下一個目標被創造出來之前，我們反覆地徘徊且迷失方向，而原本在這期間與過程裡感受到的喜悅，也漸漸變得乾枯乏味。

　　我曾經聽說過，當人類處於極端的狀況下或面臨死亡時，是絕對不會產生倦怠感的。也許正因如此，倦怠感就好像是悠閒、懶散者的奢侈一般，成了難以啟齒的事。即使處於忙碌的生活狀態，倦怠感也很善於在片刻的空隙中擠進來。這時候，若只是一味地說「所有事情都會好起來的」，這類正面、積極的希望論完全起不了任何幫助。當然，這個方法並不是對每個人都無效，但至少就我的情況來說，這些話就只是暫時安慰一下浮上水面的情緒而已。

我想，在這倦怠感的背後，是不是還有其他東西呢？白天時無論怎麼使用閃光燈，效果也看不太出來，必須在光線微弱時才會更加明顯；而也只有看過光亮的人，才會懂得什麼是漆黑。沒有什麼是絕對的光明或黑暗，因此我相信倦怠感也不是絕對的。如果有總是對人生感到倦怠的人，那麼因為他早已完全沉浸於其中，反過來思考的話，他應該是連倦怠感都難以察覺才對。若是感受到了倦怠，或是對活著這件事覺得十分厭煩的話，那麼這相對地證明了自己至少轟轟烈烈地活過一次，或者抱有想活得朝氣蓬勃的欲望。

　　在我們感受到的情緒及浮現出的想法背後，存在著自身欲望的原型。每當生活稍微變得舒心時，倦怠感就接踵而來，或許是因為生活上的舒適並沒有辦法使自己感到滿足，內心裡還有其他的欲望也不一定。如果能夠找到目前倦怠感背後的真正渴求，希望你能去理解它並給予擁抱。

　　「原來你在這裡啊，等很久了吧？」

42

我知道幸福不會走得長久

如果要總結一個關於幸福的概念，

那就是要讓自己隨時處於「幸福進行式」。

當時我到底為什麼
要做那種事？

不要因為滯留在過去、
盼望著未來而耽誤了現在。

合格的話，肯定
　會變幸福吧？

只要找到工作的話，
　好像就會過得幸福～

享受當下的幸福。

現在必須要幸福

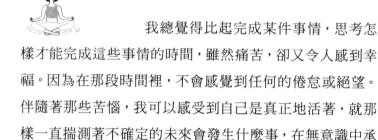　我總覺得比起完成某件事情，思考怎樣才能完成這些事情的時間，雖然痛苦，卻又令人感到幸福。因為在那段時間裡，不會感覺到任何的倦怠或絕望。伴隨著那些苦惱，我可以感受到自己是真正地活著，就那樣一直揣測著不確定的未來會發生什麼事，在無意識中承受著壓力度日。因為很清楚實現某件事情時感受到的幸福不會持續太久，所以為了避免隨之而來的絕望感，我將注意力更加集中在擔心和苦惱上面。

　我們所認為的幸福，大多是剎那之間的情緒，隨著幸福的瞬間流逝，平凡的日常生活又會繼續前進。然而，因為幸福的標準已經被提高了，將使得接下來追求幸福這件事會變得愈來愈困難〔出自崔仁哲（최인철，音譯），《Good Life》一書〕。因此，如果只停留在幸福或不幸兩種狀態的話，那麼在生活中能夠感受到的正面、積極的情感幅度，也就只會無止境地縮小。

人生在世，當我們順利度過一道難關，也會繼續再面臨其他壓力，無論達到什麼樣的成就，都無法保證一份完整和永遠的幸福。然而，如果試著在心中懷抱夢想的瞬間找到幸福感的話，一定能發現那份禮物的名字就是「當下」。而我們唯一需要小心的，就是自己既沒有任何想做的事，也沒有任何想得到的東西。

　　享受並珍惜當下，也就意味著懂得珍惜自己。因此，希望你不要害怕任何事情的結束，而是能夠對現在這個瞬間充滿期待，然後走下去。

口袋賺得飽飽，
內心卻逐漸變得貧乏時

領著薪水工作，
幸福的感覺卻相對地減少。

持續努力地工作，直到某個瞬間，

驚覺「自己為什麼如此不快樂」？
打起精神後才發現，

last week

yesterday

today

比起花錢，自己花更多的時間在賺錢。

今天一整天所賺的錢，
就是「不快樂一天」的代價。

我將那筆錢重新用來購買幸福。

享用炸雞的快樂……

一點一滴地儲藏幸福

為了變幸福而朝著目標狂奔的期間，我們的每一天大多是不快樂的。面對日常生活裡的波濤屢次襲來而感到心煩意亂時，或許會覺得「微小但確實的幸福」總是來得不夠及時。因此，在忙碌日常的縫隙裡所遇見的幸福記憶，都要時時刻刻鮮明地保存在心底。不去追求龐大的幸福，用自己的方式度過不錯的一天，其實也沒那麼困難！

為靈魂充電！

睡前躺在電熱毯上邊剝橘子邊看電視劇、週末一整天靜靜地躺著探索天花板壁紙上的花紋，或是去喜歡的早午餐店邊聽音樂邊吃冰淇淋鬆餅……等等，創造一個可以為靈魂充電、只屬於我的小小儀式，然後試著去實踐看看吧！

對只想一直躺著的自己感到洩氣時

雖然總是很懶惰，

但在週末時可以少點罪惡感地盡情偷懶。

奮力偷懶

每個人擁有的能量總值，會根據情況隨時變動；當自己能發揮出來的力量最大值全部用光後，當然也就會進入電力耗盡的時期。因此，若某些時候覺得自己好像廢人一樣的話，也不要過度地自我苛責。在休息時間要毫無罪惡感地讓自己徹底休息，如此一來才能用充飽的電力繼續迎向明天。

是時候浪費時間了！

我真的非常討厭做麻煩的事，問題是，人生有太多麻煩的東西了。難道不能這樣一直躺著就好嗎？「想要躺著但又過得有意義！」雖然我不斷在內心裡這樣大聲呼喊，但平日裡大多時間是一邊偷懶又一邊覺得充滿罪惡感，所以就算身體靜靜待著不動，內心也還是感到忙碌和焦急。這個週末，試試看當個奢侈地浪費一整天時間的人如何？

什麼事都沒在做，內心卻感到不安時

什麼事都沒做的話，

就不會有任何事發生，

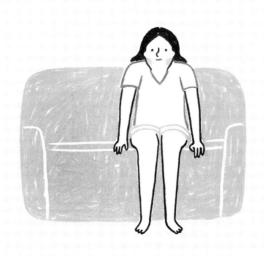

所以還是應該要做點什麼吧。

那麼，還是做點什麼吧

即使生活在高度重視勞動價值的社會裡，也沒有必要把自己硬塞入那樣的框架中，人會有不想工作的心情是相當正常的。然而，不能讓自己「只」停留在什麼事都不做的狀態裡過久，否則，一不小心就會忘記自己其實可以隨時轉換到其他狀態。為了喚醒每天沉浸在相同模式中的自己，不管做點什麼都好，就算是一整天都在睡覺，也要經常變換各式各樣的姿勢。無論是什麼，都請試著做看看吧！

不要杜絕任何可能性

如果在單一的模式裡定型，不管是什麼狀態，都有很高的機率會妨礙到個人成長。因此，「無論如何都要做些什麼」這點非常重要，並不是指一定要做出具有價值的行為，然後成為優秀的人，而是為了不讓自己親手杜絕擁有其他面貌的可能性。

國家圖書館出版品預行編目資料

我不是懶，而是在充電中 / 跳舞蝸牛著；張召儀譯 . -- 初版 . -- 臺北市：
日月文化, 2021.2
288 面；14.7*21 公分 . -- （大好時光；39）
ISBN 978-986-248-936-9（平裝）

862.6   109019803

大好時光 39

我不是懶，而是在充電中

게으른 게 아니라 충전 중입니다

作　　者：跳舞蝸牛（Dancing Snail）
譯　　者：張召儀
主　　編：俞聖柔
校　　對：俞聖柔、張召儀
封面設計：高小茲
美術設計：LittleWork 編輯設計室

發 行 人：洪祺祥
副總經理：洪偉傑
副總編輯：謝美玲
法律顧問：建大法律事務所
財務顧問：高威會計師事務所
出　　版：日月文化出版股份有限公司
製　　作：大好書屋
地　　址：台北市信義路三段 151 號 8 樓
電　　話：(02)2708-5509　傳　真：(02)2708-6157
客服信箱：service@heliopolis.com.tw
網　　址：www.heliopolis.com.tw
郵撥帳號：19716071 日月文化出版股份有限公司

總 經 銷：聯合發行股份有限公司
電　　話：(02)2917-8022　傳　真：(02)2915-7212
印　　刷：禾耕彩色印刷事業有限公司
初　　版：2021 年 2 月
初版十二刷：2023 年 4 月
定　　價：360 元
ＩＳＢＮ：978-986-248-936-9

게으른 게 아니라 충전 중입니다（I'M NOT LAZY. I'M ON ENERGY SAVING MODE）
Copyright © 2019 by 댄싱 스네일（Dancing Snail）
All rights reserved.
Complex Chinese Copyright © 2021 by HELIOPOLIS CULTURE GROUP CO., LTD.
Complex Chinese translation Copyright is arranged with BACDOCI,CO,.LTD
through Eric Yang Agency

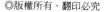

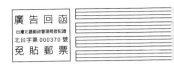

日月文化集團
HELIOPOLIS
CULTURE GROUP

客服專線 02-2708-5509
客服傳真 02-2708-6157
客服信箱 service@heliopolis.com.tw

日月文化集團 讀者服務部 收

10658 台北市信義路三段151號8樓

對折黏貼後，即可直接郵寄

日月文化網址：**www.heliopolis.com.tw**

最新消息、活動，請參考 FB 粉絲團

大量訂購，另有折扣優惠，請洽客服中心（詳見本頁上方所示連絡方式）。

大好書屋

寶鼎出版

山岳文化

EZ TALK

EZ Japan

EZ Korea

大好書屋・寶鼎出版・山岳文化・洪圖出版

日月文化集團
HELIOPOLIS
CULTURE GROUP

感謝您購買　　　　　　我不是懶，而是在充電中

為提供完整服務與快速資訊，請詳細填寫以下資料，傳真至02-2708-6157或免貼郵票寄回，我們將不定期提供您最新資訊及最新優惠。

1. 姓名：_____　　性別：□男　　□女

2. 生日：_____年_____月_____日　　職業：_____

3. 電話：（請務必填寫一種聯絡方式）

　　（日）_____　（夜）_____　（手機）_____

4. 地址：□□□_____

5. 電子信箱：_____

6. 您從何處購買此書？□_____縣/市_____書店/量販超商

　　□_____網路書店　　□書展　　□郵購　　□其他

7. 您何時購買此書？　　年　　　月　　　日

8. 您購買此書的原因：（可複選）

　　□對書的主題有興趣　　□作者　　□出版社　　□工作所需　　□生活所需
　　□資訊豐富　　□價格合理（若不合理，您覺得合理價格應為_____）
　　□封面/版面編排　　□其他_____

9. 您從何處得知這本書的消息：　□書店　□網路／電子報　□量販超商　□報紙
　　□雜誌　□廣播　□電視　□他人推薦　□其他

10. 您對本書的評價：（1.非常滿意 2.滿意 3.普通 4.不滿意 5.非常不滿意）

　　書名_____　內容_____　封面設計_____　版面編排_____　文/譯筆_____

11. 您通常以何種方式購書？□書店　　□網路　　□傳真訂購　　□郵政劃撥　　□其他

12. 您最喜歡在何處買書？

　　□_____縣/市_____書店/量販超商　　□網路書店

13. 您希望我們未來出版何種主題的書？_____

14. 您認為本書還須改進的地方？提供我們的建議？

_____
_____
_____
_____

生命，因閱讀而大好